HÉSIODE ÉDITIONS

CHARLES DICKENS

Le Cricri du foyer

Hésiode éditions

© Hésiode éditions.

1 rue Honoré - 93500 Pantin.
ISBN 978-2-38512-127-3
Dépôt légal : Novembre 2022

Impression Books on Demand GmbH

In de Tarpen 42
22848 Norderstedt, Allemagne

Le Cricri du foyer

PREMIER CRI,

Ce fut la Bouilloire qui commença ! ne m'opposez pas ce que dit rs Peerybingle, je le sais mieux qu'elle. rs Peerybingle aurait beau répéter jusqu'à la fin des temps qu'elle ne saurait dire lequel des deux commença ; je dis moi que ce fut la Bouilloire. Je dois le savoir, j'espère ! la Bouilloire commença cinq bonnes minutes – à la petite pendule de Hollande qui était dans une encoignure de la cuisine – cinq bonnes minutes avant que le Cricri eût gresillonné une seule fois.

Comme si la pendule n'avait pas fini de sonner, comme si son petit faucheur qui se meut par saccades à droite et à gauche devant un palais moresque, n'avait pas fauché un demi-arpent de pré imaginaire avant que le Cricri se fût mis de la partie ?

Non, je ne suis pas naturellement absolu. Chacun sait que pour rien au monde je ne voudrais opposer mon opinion à l'opinion de rs Peerybingle – si je n'étais parfaitement sûr de la chose. Non, rien ne pourrait m'y engager. Mais c'est un point de fait, et le fait est que ce fut la Bouilloire qui commença, au moins cinq minutes avant que le Cricri eût donné aucun signe de vie. Oserez-vous me contredire ? au lieu de cinq minutes je dirai dix.

Laissez-moi vous raconter exactement comment cela se passa. J'aurais certes débuté par là, dès mon premier mot – sans cette considération bien simple : – si je raconte une histoire, je dois commencer par le commencement, et comment est-il possible de commencer par le commencement si je ne commence par la Bouilloire ?

Il semblait qu'il y eût une espèce d'assaut de talent, un défi musical, voyez-vous, entre la Bouilloire et le Cricri. Et voici ce qui l'amena, et comment la chose eut lieu.

rs Peerybingle était sortie, à la tombée de la nuit, pour aller remplir la Bouilloire au réservoir de la cour, et en piétinant sur les pavés humides, ses patins y traçaient avec un bruit de clic clac d'innombrables empreintes de la première proposition d'Euclide. La Bouilloire remplie, rs Peerybingle revint, moins ses patins – et c'était quelque chose de moins, car les patins étaient hauts et rs Peerybingle n'était qu'une petite femme. Elle mit la Bouilloire sur le feu, et en la mettant elle perdit son sang-froid – c'est-à-dire pour un instant, parce que l'eau – eau glaciale, à cet état fluide de neige fondue qui semble pénétrer toute espèce de substance y compris les patins ; – parce que l'eau, dis-je, avait mouillé les pieds de rs Peerybingle et même éclaboussé ses jambes. Or, quand nous sommes un peu fière de nos jambes (si ce n'est pas sans raison surtout), et quand nous tenons particulièrement à la propreté de nos bas, c'est pour le moment une rude épreuve.

Ajoutez à cela d'ailleurs que la Bouilloire était d'une obstination impatientante. Elle ne voulait pas se laisser ajuster sur la barre de la cheminée ; elle ne voulait pas s'accommoder tranquillement aux inégalités de son lit de charbon ; elle se penchait d'un air aviné et se répandait goutte à goutte sur le foyer en Bouilloire idiote. Elle était querelleuse et morose, elle bredouillait et elle sifflait au feu. Enfin le couvercle, résistant aux doigts de rs Peerybingle avec une ingénieuse opiniâtreté, digne d'une meilleure cause, fit la culbute et puis le plongeon par côté… jusqu'au fond de la Bouilloire. La carène du Royal Georges, ce vaisseau qui sombra tout-à-coup dans la mer, et qu'on en retire depuis pièce à pièce, n'a jamais opposé autant de résistance aux ingé-

nieurs que ce couvercle récalcitrant aux efforts de rs Peerybingle.

La Bouilloire se montrait donc revêche et boudeuse, portant son anse avec un air de bravade, faisant jaillir avec impertinence et moquerie ses petits jets d'eau sur rs Peerybingle, comme pour dire : « Je ne veux pas bouillir, rien ne m'y décidera. »

Mais rs Peerybingle avait retrouvé sa bonne humeur ; frottant ses mains mignonnes et potelées l'une contre l'autre, elle s'assit en souriant devant la Bouilloire. Cependant le feu flambait joyeusement et illuminait de ses éclairs intermittents sur le faîte de la pendule de Hollande, le petit faucheur qu'il faisait paraître immobile devant le palais moresque comme s'il n'y avait d'autre mouvement que celui de la flamme.

Le petit faucheur allait toujours néanmoins. Il avait ses spasmes, deux par secondes, très-régulièrement. Mais c'était effrayant de voir ses tortures lorsque la pendule était sur le point de sonner : alors s'ouvrait la porte à trappe du palais ; un coucou se montrait, exhalant six fois sa note monotone, dont le retentissement faisait frissonner chaque fois le faucheur comme une voix de spectre… ou comme si un ressort en fil de fer lui eût tiraillé les jambes.

Ce ne fut qu'après une violente secousse, après la cessation du bruit criard des contrepoids et des cordes de la machine, que le faucheur revint à lui ; mais ce n'était pas sans raison qu'il avait tressailli et frissonné, car ces squelettes d'horloges sont bien faits pour épouvanter par leurs mécaniques à jour : je m'étonne comment il s'est trouvé des hommes et surtout des Hollandais pour les inventer ; car on dit populairement que les Hollandais aiment à mettre leurs parties inférieures dans de larges pantalons… ils devraient certes bien ne pas laisser ainsi à découvert et sans protection les rouages de leurs horloges.

Or, ce fut là le moment, remarquez-le, où la Bouilloire commença la soirée. Ce fut le moment où la Bouilloire, devenue tendre et musicale, commença à avoir des glouglous invincibles dans la gorge, et à se permettre de courtes vocalises, arrêtées à la première note, comme si elle n'était pas encore bien résolue à être de bonne compagnie. Ce fut le moment où, après quelques vains efforts pour étouffer ses sentiments généreux, elle écarta toute humeur chagrine, toute sotte réserve, et fit éclater son chant si franc, si allègre, que jamais rossignol enivré de sa voix n'en eut la moindre idée.

Ce chant si simple ! Dieu merci, vous l'auriez compris comme un livre – mieux peut-être que certains livres que vous et moi nous pourrions nommer ! – Exhalant son souffle dans un léger nuage qui montait gracieusement à quelques pieds de haut et s'épaississait sous le manteau de la cheminée comme dans un petit ciel domestique, la Bouilloire fredonnait sa musique avec une admirable verve, doucement agitée dans son corps de métal ; enfin le couvercle lui-même, le couvercle naguère rebelle – telle est l'influence du bon exemple – exécuta une sorte de gigue et essaya de retentir comme une jeune cymbale sourde et muette qui n'a jamais connu sa sœur.

Cette musique de la Bouilloire était une harmonieuse invitation, un chant de bienvenue qui s'adressait à quelqu'un encore absent, mais qui s'approchait de cette petite demeure commode et de ce feu réjouissant : c'est chose indubitable, rs Peerybingle le savait bien, elle qui rêvait assise devant le foyer. « Il fait nuit noire – ainsi peut se traduire ce que chantait la Bouilloire, « – les feuilles desséchées jonchent la route ; dans l'air tout est brouillard et ténèbres, sur la terre tout est fange et boue ; une lumière unique éclaire la tristesse du sombre horizon, et je ne sais si c'est un rayon de joie et d'espoir, car on dirait plutôt d'une lueur rougeâtre et sinistre que le vent et le soleil ont imprimée sur les nuages pour les punir d'assombrir ainsi le ciel. Au loin sur la route tout est noir ; les frimats couvrent le poteau indicateur, le dégel marque la haie du sentier ; la glace n'emprisonne pas encore les eaux, et déjà les eaux ne sont plus libres ; vous ne sauriez définir le temps qu'il fait… mais le voici qui vient, qui vient, qui vient ! »

Et ici, si vous voulez, le Cricri se mit de la partie, avec un chant si largement gresillonné en guise de chorus, avec une voix si disproportionnée à sa taille – comparée à celle de la Bouilloire – (sa taille ! vous n'auriez pu l'apercevoir !) que s'il eût alors crevé comme un canon trop chargé, victime de son ardeur à gresillonner ainsi, c'eût été une conséquence naturelle et inévitable – le résultat volontaire de ses étonnants efforts !

La Bouilloire était au bout de son solo. Elle persévéra avec une verve incessante ; mais le Cricri prit alors le premier dessus. Bon Dieu ! comme il gresillonna ! Son cri aigre et perçant retentit dans toute la maison et sembla jeter même un scintillement dans l'obscurité extérieure… comme une étoile. Il y avait dans le trémolo et les trilles de sa voix des notes indéfinissables qui par moment révélaient qu'il devait bondir et sauter, emporté par l'énergie de son enthousiasme. Et cependant ils exécutaient un excellent duo, le Cricri et la Bouilloire ; la ritournelle était toujours la même, et toujours en crescendo, toujours avec un redoublement d'émulation.

La jolie petite femme qui les écoutait, car elle était jolie et jeune – quoiqu'un peu ce qu'on appelle une femme rondelette – ce qui ne me déplaît pas à moi, j'en conviens, – la jolie petite femme alluma une chandelle, jeta un coup-d'œil sur le haut de la pendule, où le faucheur fauchait son contingent de minutes ; regarda à la fenêtre où elle ne vit rien, à cause de la nuit noire, excepté sa jolie figure réfléchie dans la vitre – et à mon avis – (c'eût été aussi le vôtre) elle aurait pu regarder longtemps sans apercevoir rien d'aussi agréable ! Quand elle revint s'asseoir sur sa chaise, le Cricri et la Bouilloire continuaient leur duo, s'évertuant avec toute la fureur de deux artistes rivaux… le côté faible de la Bouilloire était évidemment qu'elle ne savait pas quand elle serait vaincue.

C'était entre eux l'émulation d'une course : – cricri ! cricri ! cricri ! le Cricri était en avant. – Hum ! hum ! hum-m-m ! la Bouilloire ronflait au loin comme une grosse toupie ! – cricri ! cricri ! cricri ! – mais la Bouilloire reprenait encore : hum ! hum ! hum-m-m. Le Cricri ne cédait pas et reprenait à son tour, puis encore la Bouilloire – jusqu'à ce qu'enfin ayant confondu et leur basse et leur fausset dans un même son, il aurait fallu une oreille plus exercée que la mienne pour dire si c'était la Bouilloire qui gresillonnait, ou le Cricri qui ronflait ; mais ce qu'il y a de plus certain, c'est qu'à un moment précis, par l'effet d'une combinaison inexplicable, les deux virtuoses lancèrent au loin jusque sur la route le chant réjouissant de leur concert sur l'aile d'un rayon de lumière qui traversa la vitre, de manière à charmer à la fois les yeux et l'ouïe d'un individu qui approchait dans les ténèbres et qui crut entendre qu'on lui criait : « Sois le bienvenu, mon ami ! Sois le bien arrivé, mon garçon ! »

Ce but atteint, la Bouilloire n'en pouvant plus, versa à gros bouillons et fut enlevée du feu. rs Peerybingle courut ensuite à la porte, où il eût été difficile de s'entendre au milieu du bruit des roues d'une charrette, des pas d'un cheval, de la voix d'un homme et des jappements d'un chien qui courait comme un fou à droite et à gauche, tapage auquel auraient pu se mêler bientôt les vagissements d'un enfant au maillot qui fit une apparition surprenante et mystérieuse.

D'où venait cet enfant ? comment rs Peerybingle l'avait-elle tout-à-coup mis dans ses bras ? c'est ce que j'ignore. Mais c'était un enfant vivant, et rs Peerybingle paraissait en être passablement fière, lorsqu'elle fut ramenée doucement près du feu par un homme aux formes assez rudes, beaucoup plus grand qu'elle et aussi beaucoup plus âgé, qui fut forcé de se baisser considérablement pour l'embrasser, mais elle en valait bien la peine. On se baisserait volontiers de six pieds de haut pour embrasser une femme comme elle.

« O bonté du ciel ! John, dit rs Peerybingle, dans quel état vous êtes, avec le temps qu'il fait ! »

On ne pouvait nier qu'il ne fût assez maltraité en effet ; le brouillard avait bordé les cils de ses paupières d'un chapelet de gouttes congelées ; l'approche du feu faisait reluire un double arc-en-ciel dans ses favoris.

« Eh ! voyez-vous, Dot, répondit lentement John en déroulant un fichu qui lui entourait le cou et en étalant ses mains glacées devant le feu, ce n'est pas précisément un temps d'été. Il n'y a donc rien d'étonnant.

— Je vous prie, John, de ne pas m'appeler Dot ; je n'aime pas ce surnom, dit rs Peerybingle, faisant une moue qui montrait clairement qu'elle l'aimait, au contraire, beaucoup.

— Eh ! qu'êtes-vous donc ? » reprit John en laissant tomber sur elle un sourire, et étreignant sa jolie taille aussi légèrement qu'il pouvait le faire avec sa large main et son robuste bras. « Qu'êtes-vous, sinon un point sur… (Ici il regarda l'enfant.) Non, je ne dirai rien de plus, de peur de gâter ce que j'allais dire : mais j'étais bien près de faire un bon mot… Je ne sais si jamais je fus plus près d'en faire un.

C'était la manie de John d'être toujours sur le point de dire quelque chose de très-ingénieux et de s'interrompre modestement ; ce lourd, lent et honnête John ; ce John à la fois si pesant et si léger d'esprit, si rude d'écorce et si tendre de cœur, si engourdi au dehors, si vif au dedans, si raboteux et si doux. Ô mère nature ! daigne donner à tes enfants cette véritable poésie du cœur que possédait ce pauvre voiturier – car ce n'était qu'un voiturier, le porteur ou messager du canton, – et quoiqu'ils parlent en prose, quoiqu'ils vivent en prose, nous TE remercierons de nous faire vivre dans leur compagnie !

C'était charmant de voir Dot avec sa petite taille et son enfant dans les bras : une poupée d'enfant. Elle regardait le feu avec une rêverie coquette, et penchait sa petite tête délicate sur la large épaule du voiturier, pose moitié naturelle, moitié affectée, à laquelle il se prêtait avec sa tendre gaucherie, s'efforçant d'adapter de son mieux le soutien de son robuste âge mûr à sa fraîche et verte jeunesse.

C'était charmant d'observer leur servante, Tilly Slowboy, jeune fille d'une quinzaine d'années, qui attendait, dans l'arrière-plan du tableau, qu'on lui rendît le poupon, debout, immobile, la bouche ouverte et les yeux fixés sur ce groupe ; tout-à-coup, John le voiturier, pour répondre à quelques mots de Dot, relatifs audit poupon, suspendit le geste de sa grosse main sur le point de le toucher, comme s'il avait peur de l'écraser, et se contenta de le regarder à distance, avec un mélange d'embarras et d'orgueil – tel que pourrait l'éprouver un aimable dogue s'il se trouvait un jour le père d'un jeune canari.

« N'est-ce pas qu'il est beau, John ? N'est-il pas gentil dans son sommeil ?

– Très-gentil, répondit John, – oh ! oui, très-gentil. Il dort généralement, n'est-ce pas ?

– Mon Dieu ! non, John !

– Ah ! dit John d'un air réfléchi, je croyais qu'il avait généralement les yeux fermés. Holà !

– Bonté du ciel ! John ! comme vous effrayez le pauvre enfant !

– Quoi donc ? qu'a-t-il ? demanda le voiturier étonné ; pourquoi regarde-t-il donc comme cela ? Comme il écarquille tout-à-coup les deux yeux ! et voyez sa bouche, oh ! il bâille comme un petit poisson aux écailles dorées !

– Vous ne méritez pas d'être père ; non ! dit Dot, avec toute la dignité que l'expérience donne à une matrone. Mais comment connaîtriez-vous les petites douleurs que ressentent les enfants, vous, John ! vous n'en savez même pas le nom ! » – Et lorsqu'elle eut retourné l'enfant sur son bras gauche et lui eut donné une légère tape sur le dos, en guise de topique, elle pinça en riant l'oreille de son mari.

« Non, dit John, ôtant alors sa grosse redingote ; c'est vrai, Dot, je ne sais pas grand'chose de tout cela. Ce que je sais, c'est que j'ai eu à lutter ce soir avec le vent ; il a soufflé nord-ouest pendant tout le chemin, à l'encontre de la voiture.

– Pauvre homme ! c'est vrai ! s'écria rs Peerybingle, devenant soudain très-active. – Venez, Tilly, prenez-moi ce gentil marmot pendant que je vais me rendre bonne à quelque chose. Bon Dieu ! je l'étoufferais de baisers, je crois. Veux-tu bien t'en aller, mon bon chien, veux-tu bien t'en aller. Boxer... Laissez-moi d'abord vous faire le thé, John, et puis je vous aiderai pour les paquets, comme une diligente abeille ;

« Comme la petite abeille... »

et le reste, vous savez, John. Avez-vous jamais appris la chanson de l'Abeille, quand vous alliez à l'école, John ?

– Pas toute entière, répondit John. J'ai été une fois sur le point de la savoir ; mais je l'aurais gâtée, je crois...

– Ah ! ah ! dit Dot en riant de son joli petit rire si ravissant, ah ! quel bon et chéri lourdaud vous faites, John, en vérité ! »

Sans contester ce compliment de sa femme, John sortit pour voir ce que faisait le garçon d'écurie, qui, armé d'une lanterne, allait et venait devant la porte comme un feu follet : il s'assura qu'il pansait le cheval, lequel cheval était plus gras que vous ne voudriez le croire – si je vous donnais sa mesure – et il était si vieux que la date de sa naissance se perdait, comme on dit, dans la nuit des âges ! Boxer, sentant que ses attentions étaient dues à la famille en général, et voulant les distribuer impartialement, sortait et rentrait avec une mobilité étourdissante, tantôt décrivant un cercle de brusques jappements autour du cheval, pendant qu'on le bouchonnait à la porte de l'écurie, tantôt feignant de fondre comme un chien fou sur sa maîtresse, et s'arrêtant tout-à-coup au milieu d'un bond facétieux ; tantôt faisant pousser un cri de peur à Tilly Slowboy, qui, assise dans la chaise à nourrice près du feu, sentait un museau humide sur la joue ; tantôt exprimant un intérêt curieux au poupon ; tantôt tourbillonnant devant le foyer et se couchant comme s'il s'y établissait pour la nuit ; puis, se relevant et allant agiter dehors son tronçon de queue, comme s'il se fût rappelé un rendez-vous, et s'il partait au trot afin de s'y trouver exactement.

« Voici, voici la théière toute prête sur la table, dit Dot avec la sérieuse attention d'une petite fille qui joue au ménage. Voici le jambon, voici le beurre, voici le pain et le reste. – John, je vous apporte un panier à linge pour les petits paquets, si vous en avez quelques-uns… Mais où êtes-vous, John ? Prenez garde à l'enfant, Tilly, et ne le laissez pas rouler sous la grille du foyer.»

Il faut bien dire que, quoique miss Slowboy repoussât avec quelque vivacité cette recommandation prudente, elle avait un rare talent pour mettre le pauvre nourrisson dans des positions difficiles, et plus d'une fois déjà, grâce à ce talent particulier, cette frêle existence de quelques mois avait été en grand péril. Elle était d'une taille maigre et droite, cette jeune demoiselle, tellement que ses vêtements semblaient toujours en danger d'échapper aux saillies anguleuses de ses épaules auxquelles ils étaient lâchement accrochés. Son costume laissait toujours apercevoir quelque lambeau de flanelle d'une forme singulière dans la région du dos, et cachait plus mal encore une façon de corset dont la couleur tirait sur le vert foncé. Comme elle était en état perpétuel d'admiration devant toute chose, et absorbée d'ailleurs dans la constante contemplation des perfections de sa maîtresse et des perfections de l'enfant, les bévues de miss Slowboy faisaient également honneur à son cœur et à sa tête ; car si malheureusement la tête du pauvre petit était trop souvent en contact avec les portes d'armoires, les rampes d'escalier et les colonnes du lit, c'était le résultat de l'étonnement qu'elle éprouvait de se voir bien traitée et installée dans une maison si confortable. En effet, le papa Slowboy et la maman Slowboy étaient tous deux des inconnus dans l'histoire, et Tilly avait été élevée par la charité publique, à cet hôpital des Enfants trouvés, qui, dans la langue anglaise, n'est pas malheureusement la maison des enfants gâtés, grâce à la simple addition d'une voyelle.

Cela vous eût amusé presque autant que John lui-même de voir la petite miss Peerybingle revenir avec son mari, en poussant le panier au linge, et faisant les plus énergiques efforts pour ne rien faire (car c'était lui qui le portait). Cela dut aussi divertir le Cricri, je suppose ; ce qu'il y a de certain, c'est qu'il se mit à gresillonner et avec une sorte de véhémence :

« Eh ! eh ! dit John avec son air lambin, il est plus gai que jamais, ce soir, je crois.

– C'est assurément pour nous porter bonheur, John : il nous a toujours porté bonheur jusqu'ici. Avoir un Cricri dans sa cheminée est la plus heureuse chose du monde. »

John la regarda comme s'il était sur le point de concevoir dans sa tête la pensée qu'elle était son cricri en chef, et comme s'il allait lui dire qu'il était tout-à-fait de son avis ; mais ce fut là une de ces pensées dont l'expression lui échappait en chemin, car il ne dit mot.

« La première fois que j'entendis sa joyeuse chanson, John, continua rs Peerybingle, ce fut le soir où vous me conduisîtes chez vous – ici, à ma nouvelle maison, pour en être la petite maîtresse. Il y a un an de cela. Vous en souvenez-vous, John ? »

Oh ! oui, John s'en souvenait, j'en suis bien sûr !

« Sa chanson, poursuivit-elle, fut pour moi une voix amie ; elle me semblait si pleine de promesses et d'encouragements ; elle semblait me dire que vous seriez si bon, si doux pour moi, et (quelle qu'eût été d'abord ma crainte à ce sujet, John) que vous ne vous attendriez pas à trouver une vieille tête sur les épaules de votre folle de petite femme. »

John, toujours rêveur, lui donna une petite tape sur l'épaule et puis sur la tête, comme pour lui répondre : Non, non, je n'attendais pas une pareille chose ; j'ai été heureux de prendre cette tête et ces épaules comme elles sont… Et John avait bien raison : c'était une tête si jolie et des épaules si gracieuses !

« Le Cricri disait la vérité, John, quand il semblait parler ainsi ; car vous avez été toujours pour moi, j'en suis certaine, le meilleur, le plus attentif, le plus affectueux des maris. Cette maison a été une heureuse maison, John, et c'est pourquoi j'aime le Cricri.

– Et moi aussi, répondit cette fois le voiturier, et moi aussi je l'aime, Dot.

– Je l'aime toutes les fois que je l'entends, à cause des mille pensées que m'inspire son innocente musique. Combien de fois, à la tombée de la nuit, lorsque je me suis sentie un peu seule et triste, John… (avant que notre poupon fût venu me tenir compagnie et égayer la maison, quand je me disais que vous vous trouveriez bien seul à votre tour si je venais à mourir, si vous veniez à me perdre, mon bon ami…) combien de fois la voix de Cricri a semblé chanter pour me rappeler une autre petite voix si douce et si chère, dont le son ferait bientôt évanouir ma tristesse comme un rêve ; que de fois encore, lorsque j'avais peur (j'ai eu peur de cela, John, j'en conviens, j'étais si jeune !), lorsque j'avais peur que notre mariage ne devînt un mariage mal assorti, moi, n'étant qu'une enfant, et vous, plus semblable à mon tuteur qu'à mon mari ; que de fois alors ce chant du foyer m'a rassurée, m'a remplie d'espoir et m'a donné la confiance que vous parviendriez à m'aimer, à m'aimer autant que vous l'espériez vous-même dans vos prières. Je pensais à tout cela ce soir, mon cher ami, en vous attendant, assise auprès du feu, et voilà pourquoi j'aime le Cricri.

— Et moi aussi, répéta John. Mais, Dot, que parlez-vous de l'espoir que j'avais de vous aimer ? que voulez-vous dire ?… Je n'avais ni à espérer ni à apprendre cela ! je vous aimais longtemps avant de vous amener ici pour être la petite maîtresse de ce foyer et du Cricri, entendez-vous, Dot ? »

Un moment elle posa la main sur son bras et le regarda d'un air ému, comme si elle eût voulu lui dire quelque chose. Le moment d'après elle était agenouillée devant le panier, babillant avec sa petite voix et triant les paquets d'un air affairé.

« Il n'y en a pas beaucoup ce soir, John ; heureusement j'ai vu derrière la voiture quelque chose qui donne plus de mal peut-être, mais rapporte autant. Nous n'aurons donc pas à nous plaindre, n'est-ce pas ? D'ailleurs vous en avez remis en route, je pense.

— Oui, beaucoup, répondit John.

— Qu'est-ce donc que cette boîte ronde ? cœur de ma vie, John, c'est un gâteau de mariage…

— Il n'y a qu'une femme, dit John avec admiration, pour deviner cela… jamais un homme n'y eût pensé ; mais emballez un gâteau de mariage dans une caisse à thé, dans un bois de lit plié en deux, dans une caque à saumon, ou dans n'importe quoi, une femme vous dira tout de suite : c'est un gâteau de mariage… Eh bien, oui ! c'en est un que j'ai pris chez le pâtissier.

— Et qui pèse je ne sais combien… cent livres, peut-être, s'écria Dot, en faisant la démonstration de vouloir le soulever avec ses deux petits bras. Pour qui est-il, John ? où va-t-il ?

— Lisez l'adresse de l'autre côté, dit John.

— Ah ! John ! bonté du ciel, John !

— Ah ! qui aurait cru cela ? répéta John.

— Ai-je bien lu ? Est-ce possible ? John ! quoi ! – poursuivit Dot, toujours assise sur le plancher et secouant la tête d'un air significatif, – ce serait pour Gruff et Tackleton, le marchand de joujoux ! »

John fit à son tour un signe d'affirmation.

rs Peerybingle hocha au moins cinquante fois la tête, non pour exprimer son assentiment, mais la surprise et une pitié muette, avec sa jolie petite moue, cette moue pour laquelle ses lèvres semblaient faites, et regardant toujours son mari d'un air distrait. Cependant miss Slowboy, qui avait un talent d'automate pour reproduire quelques bribes de la conversation courante à l'usage du poupon confié à ses soins, en leur enlevant toute espèce de sens et en mettant les noms au pluriel, demanda, elle aussi, tout haut à cette jeune créature : si c'était réellement pour les Gruffs et les Tackletons, les marchands de joujoux, qu'on était allé chez les pâtissiers chercher des gâteaux de mariage, et si les mères avaient réellement le secret de deviner pourquoi les pères apportaient des boîtes, et cœtera.

« C'est donc vrai qu'elle se marie ? dit Dot. Eh ! mon Dieu ! elle et moi nous allions à l'école ensemble, John. »

John pensait sans doute, ou était sur le point de penser, peut-être, à sa chère Dot, allant encore à l'école. Il la regarda avec un sourire pensif ; mais il ne répondit pas.

« Et lui si vieux, continua Dot, lui si différent d'elle. Dites donc, John, combien d'années de plus que vous compte Gruff et Tackleton ?

— Demandez-moi combien dans cette soirée je boirai de tasses de thé de plus que Gruff et Tackletonn n'en but jamais en quatre, répliqua John en s'approchant de la table avec bonne humeur, et attaquant le jambon. Pour ce qui est de manger, je mange peu, Dot, mais ce peu me fait plaisir et me profite. »

C'était encore là une des illusions innocentes du brave John, sa phrase habituelle à l'heure des repas, qu'il répétait sans s'apercevoir de l'opiniâtreté de son appétit à le contredire ; mais cette fois cette réflexion même ne fit naître aucun sourire sur le visage de la petite femme qui restait là, distraite, parmi les paquets, repoussant lentement du pied la boîte du gâteau de mariage, sans regarder, sans même voir ce joli soulier mignon sur lequel ses yeux semblaient se fixer et dont elle était peut-être habituellement assez coquette. Tout entière à sa rêverie, elle ne faisait attention ni au thé ni à John, qui l'appelait en vain et frappait la table avec le manche de son couteau pour la réveiller. Il se leva enfin et lui toucha le bras ; ce ne fut qu'alors qu'elle le regarda et alla vivement s'asseoir à sa place, derrière le plateau du thé, riant de sa négligence ; – mais tout était changé, l'air et la musique.

Le Cricri, lui aussi, s'était tu. Il n'y avait plus dans la chambre cette gaîté qui y régnait tout-à-l'heure... non, elle avait disparu.

« Ce sont donc là tous les paquets, John ? dit rs Peerybingle après un long silence, pendant lequel l'honnête voiturier avait mis en pratique une partie de sa phrase favorite, prouvant qu'en effet il mangeait avec plaisir, s'il lui était plus difficile de prouver qu'il mangeait peu.

– Ce sont donc là tous les paquets, John ?

– Tous, répondit John ; mais non... Ah ! je... » Il laissa tomber sur la table son couteau et sa fourchette, respira longuement et poursuivit : « Je déclare que j'ai tout-à-fait oublié le vieux monsieur.

– Le vieux monsieur !.

– Dans la voiture, dit John ; il était endormi sur la paille la dernière fois que je l'ai vu. J'ai été sur le point deux fois de me le rappeler depuis que je suis arrivé ; mais il m'est deux fois sorti de la tête... Holà ! hé ! debout ! levons-nous ! Allons, vous voilà, mon brave homme ! »

Ces derniers mots furent déclamés par John, en dehors de la porte, car il était sorti la chandelle à la main.

Miss Slowboy eut le pressentiment de quelque mystère, en entendant nommer le vieux monsieur, et dans son imagination superstitieuse elle s'attendait à voir paraître le noir personnage qu'on désigne souvent ainsi ; elle déserta toute troublée sa chaise basse, près du feu, pour aller chercher une protection près du jupon de sa maîtresse ; mais juste sur le seuil de la porte elle se trouva en contact avec un vieillard inconnu et fit instinctivement une parade pour l'arrêter avec le seul instrument offensif qu'elle eût sous la main. Cet instrument était l'enfant lui-même… Qu'on juge de l'émotion et de l'alarme causées par cet incident ; la sagacité de Boxer y ajouta encore quelque chose ; car le brave quadrupède doué d'une meilleure mémoire que son maître, avait, à ce qu'il paraît, surveillé le vieux monsieur dans son sommeil, de peur qu'il ne s'esquivât avec quelques jeunes plants de peupliers attachés derrière la voiture. Il l'avait surveillé, dis-je, et il le perdait si peu de vue qu'il le suivait encore dans la maison en cherchant à mordre les boutons de ses guêtres.

Quand la tranquillité fut rétablie : « En vérité, dit John au vieux monsieur qui se tenait debout, immobile et la tête découverte au milieu de la cuisine ; vous êtes un si parfait dormeur que j'aurais presque envie de vous demander où sont les six autres. Mais ce serait un bon mot et je craindrais de le gâter. J'ai bien été cependant sur le point de le faire… » murmura le voiturier, souriant avec bonheur de son esprit, ou de la modestie qui le rendait si discret, quand il aurait pu le faire briller en associant son voyageur aux Sept Dormants de la légende populaire.

L'étranger avait de longs cheveux blancs ; une physionomie agréable, singulièrement caractéristique et pleine d'assurance pour un vieillard ; ses yeux noirs brillaient d'une vivacité intelligente. Il regarda autour de lui avec un sourire et fit à la femme du voiturier un salut grave en inclinant la tête.

Son costume, en drap brun, était original et rappelait les vieilles modes d'un temps bien reculé. Il tenait à la main une grosse canne noire ; il en frappa le plancher : la canne s'ouvrit et devint une chaise, sur laquelle il s'assit avec un grand calme.

« Le voilà, dit le voiturier à sa femme, le voilà tel que je l'ai trouvé assis sur le bord du chemin ; immobile comme une borne et presque aussi sourd.

– Assis en plein air, John ?

– En plein air, reprit le voiturier, à l'entrée de la nuit : « Port payé, » m'a-t-il dit en me remettant dix-huit pence ; puis il est entré dans ma voiture, et le voilà....

– Et où va-t-il, John ?

– Il va parler ! »

En effet, l'étranger prit la parole :

« Pardon, dit-il avec douceur, je dois être laissé au bureau jusqu'à ce qu'on me réclame... Ne faites pas attention à moi. »

Là-dessus, il tira d'une de ses grandes poches une paire de lunettes et de l'autre un livre, puis se mit à lire tranquillement, sans faire plus attention à Boxer que si c'eût été un agneau familier.

Le voiturier et sa femme échangèrent un regard d'embarras. L'étranger leva la tête, et montrant de l'œil rs Peerybingle à son mari, demanda :

« C'est votre fille, mon bon ami ?

– Ma femme, répondit John.

– Ah ! votre nièce !

– Ma femme... cria John.

– En vérité ! remarqua l'étranger ; est-il possible ? Elle est bien jeune ! »

Et cela dit, il reporta ses yeux sur son livre pour continuer sa lecture. Mais à peine avait-il pu lire deux lignes, qu'il s'interrompit de nouveau pour dire :

« Et l'enfant, il est à vous ? »

John lui fit de la tête un geste de géant, qui équivalait à une réponse affirmative à travers une trompette acoustique.

« Une fille ?

– Un garçon ! cria John.

– Bien jeune, n'est-ce pas ? »

Ici, rs Peerybingle intervint :

« Deux mois et trois jours, dit-elle ; vacciné il y a juste six semaines : le vaccin a pris admirablement. C'est un enfant que le docteur a déclaré remarquablement beau et aussi fort que la généralité des enfants à cinq mois. Il est d'une intelligence merveilleuse... Et ses jambes ! cela peut vous paraître impossible, mais il sent déjà ses jambes. »

Alors la jolie petite mère, essoufflée et toute rouge d'avoir crié ces courtes phrases dans l'oreille du vieux monsieur, lui montra le poupon comme la preuve triomphante du fait, tandis que Tilly Slowboy, adressant au pauvre innocent quelques-unes de ces syllabes qui n'avaient de sens que pour elle, se mit à gambader afin de le faire rire.

« Chut ! dit John. Je parie qu'on vient le réclamer. Il y a quelqu'un à la porte. Ouvrez, Tilly. » Mais avant que Tilly eût pu obéir, la porte avait été ouverte du dehors. C'était une porte primitive, un porte à loquet, que chacun pouvait ouvrir à son plaisir, et c'était le plaisir de bien des gens, je vous assure ; car tous les voisins aimaient à venir échanger quelques mots avec John le messager, quoiqu'il ne fût pas pour cela un grand parleur. La porte ouverte donna passage à un petit homme maigre, pensif et soucieux, qui semblait s'être fait une redingote avec une toile d'emballage ayant servi à couvrir quelque vieille caisse ; car, en se tournant pour refermer la porte, il fit voir au dos de ce vêtement les initiales G. T. inscrites en grandes capitales noires, et plus bas le mot FRAGILE tout entier.

« Bonsoir, John, dit le petit homme ; bonsoir, Peerybingle ; bonsoir, Tilly… bonsoir, monsieur inconnu. Comment va l'enfant, madame Peerybingle ? Et Boxer est bien aussi, j'espère ?

– Tout le monde va à merveille, Caleb, répondit Dot. Il n'y a qu'à voir l'enfant d'abord.

– Et il n'y a qu'à vous voir ensuite, dit Caleb, mais sans la regarder, car il avait un œil distrait qui semblait toujours chercher quelque chose, n'importe ce qu'il disait ; définition qui aurait également convenu à l'accent de sa voix.

– Et puis voir John, continua Caleb, et puis Tilly ou Boxer.

– Vous devez être bien occupé à présent, Caleb ! demanda le voiturier.

– Oh ! oui ! pas mal, John, reprit-il avec l'air vague d'un homme qui cherchait pour le moins la pierre philosophale, pas mal. On demande beaucoup des Arches de Noé. J'aurais bien voulu perfectionner la famille du patriarche, mais c'est trop difficile au prix qu'on la vend. Ce serait pourtant une satisfaction pour l'artiste de mieux caractériser Sem, Cham et Japhet, ainsi que leurs femmes. Si je pouvais encore, je proportionnerais mieux mes mouches et mes éléphants. Mais qu'y faire ? Avez-vous quelque paquet pour moi, John ? »

Le voiturier plongea la main dans la poche de la redingote qu'il avait quittée et en retira un petit rosier en pot, soigneusement enveloppé de mousse et de papier.

« Voilà ! dit-il en l'ajustant de son mieux, pas une feuille n'a souffert. Voyez que de boutons ! »

Le regard soucieux de Caleb s'illiumina, et, prenant son rosier, le petit homme remercia John.

« C'est cher, Caleb, dit le voiturier ; très-cher, dans cette saison.

— N'importe : ce ne serait pas cher pour moi, quand cela coûterait encore davantage, dit le petit homme. Rien autre, John ?

— Une petite boîte, répondit le voiturier, et la voici.

— À Caleb Plummer, dit le petit homme en épelant l'adresse, pour lui être remis en en bon or… De l'or, John, ce n'est pas pour moi.

— En bon ordre, reprit le voiturier. Épelez le mot entier.

— C'est juste, dit Caleb, en bon ordre ; et cependant, John, si mon garçon, qui était allé dans l'Amérique du Sud, avait vécu, vous pourriez bien avoir réellement de bon or à me remettre. Vous l'aimiez comme un fils, John. N'est-ce pas ? Mais pourquoi cette question ? Je le sais de reste : « À Caleb Plummer, pour lui être remis en bon ordre. » Oui, oui, c'est une boîte d'yeux de verre pour les poupées que fait ma fille. Ah ! John, si c'étaient des yeux pour elle !

— Je le désirerais de tout mon cœur pour la pauvre aveugle, s'écria le voiturier.

— Je vous remercie, dit le petit homme. Vous parlez en ami. Penser qu'elle ne pourra jamais voir ces poupées qui sont là tout le jour fixant sur elle leurs yeux de verre ! Ah ! c'est là un chagrin ! Que vous dois-je pour vos frais et dépens, John ?

— Vous l'apprendrez à vos dépens ! si vous le demandez, dit John. – Eh ! Dot ; j'ai été sur le point d'en faire un bon, n'est-ce pas ?

— Comme je vous reconnais là, remarqua le petit homme. C'est bien votre obligeance habituelle. John ! voyons, je crois que c'est tout.

— Je ne crois, pas, moi ; cherchons encore.

— Ah ! quelque chose pour notre marchand, dit Caleb, après avoir un peu réfléchi. C'est vrai, et c'est pour cela que je venais ; mais ces arches et ces poupées me troublent la cervelle. Est-il venu ? Eh !

– Lui ! répondit John ; non, il est trop affairé, maintenant qu'il courtise sa belle.

– Il doit venir cependant, reprit Caleb, car il m'a recommandé de prendre par le chemin qui mène chez nous, parce qu'il était sûr de me rattraper. J'ai mieux aimé en prendre un autre. – À propos, madame Peerybingle, auriez-vous la bonté de me laisser un moment pincer la queue de Boxer ?

– Que signifie cela, Caleb ?

– Oh ! excusez, madame, dit le petit homme, peut-être Boxer ne s'y prêterait pas volontiers ; mais il m'est arrivé une commande de chiens jappants, et je désirerais approcher autant que possible de la nature pour six pence. Voilà tout, madame, excusez. »

Le hasard voulut que Boxer, sans attendre que Caleb lui pinçât la queue, jappât de lui-même avec son ardeur habituelle. Mais comme ces jappements annonçaient la venue d'un nouveau visiteur, l'artiste, remettant à une occasion son étude de la nature, chargea la boîte ronde sur une épaule et prit congé à la hâte. Il aurait pu ne pas tant se presser, car le nouveau visiteur l'arrêta sur le seuil.

« Ah ! vous êtes ici encore ? Attendez, dit-il à Caleb : nous nous en irons ensemble. – John Peerybingle, votre serviteur. Et le vôtre, surtout, mistress Peerybingle. Plus jolie tous les jours, – plus fraîche tous les jours, si c'est possible ; mais plus jeune aussi, ajouta-t-il à voix basse… et c'est là le diable !

– Je serais étonné de vos compliments, monsieur Tackleton, dit Dot, qui ne se piqua pas de sourire avec toute sa grâce ordinaire ; mais votre nouvelle situation nous les explique.

– Vous savez donc tout, eh ?

– J'ai fait un effort pour le croire, répondit Dot.

– Un grand effort, je suppose ?

– Oui, très-grand. »

Tackleton, le marchand de joujoux, connu généralement sous les noms de Gruff et Tackleton, – ancienne signature de la maison, lorsque vivait

Gruff, cet associé au nom significatif qui laissa en mourant à l'autre son nom et, disait-on aussi, son caractère refrogné, selon le sens qu'il a dans le dictionnaire, – Tackleton, le marchand de joujoux, était un homme dont la vocation n'avait pas été comprise par ses parents ou ses tuteurs. S'ils en avaient fait un prêteur sur gages, un procureur subtil, un huissier ou un agent de change, il aurait pu jeter sa gourme dans sa jeunesse, et après avoir épuisé toute la malignité de sa nature envers ceux qui seraient tombés sous sa main, il aurait pu devenir enfin bon et aimable pour essayer quelque chose de nouveau ; mais réduit à exercer son instinct et ses appétits pervers dans le cercle étroit des paisibles occupations d'un marchand de joujoux, il était resté un ogre domestique, qui se nourrissait de petits enfants et se montrait leur implacable ennemi. Il méprisait tous les joujoux. Il n'en eût pas acheté un pour rien au monde. Il s'amusait, dans sa malice, à donner une expression de physionomie farouche aux rustres basanés qui conduisent leurs porcs au marché, aux crieurs publics qui promettent une récompense à qui retrouvera une conscience d'avocat perdue, aux vieilles femmes reprisant des bas ou découpant un pâté, et autres personnages qui meublaient sa boutique. Son cœur se dilatait quand il inventait un nouveau masque pour ces sorciers hideux et aux yeux rouges qu'on emprisonne dans une boîte, sorciers, vampires ou diablotins, qui s'élancent sans cesse pour faire peur aux enfants. Oui, il trouvait là sa consolation unique et sa gloire, sa distraction et son bonheur. Perpétuellement à la recherche d'un type de laideur, il imaginait chaque jour quelque croquemitaine ou cauchemar nouveau, et il avait même perdu une somme, quoiqu'il aimât l'argent, pour faire confectionner à son idée des scènes de lanterne magique où les anges des ténèbres étaient représentés sous la forme d'horribles homards à figure humaine. Au lieu de se décourager, il avait encore compromis un petit capital en exagérant des caricatures de géants. Sans être peintre lui-même, il pouvait indiquer ce genre de perfectionnement aux artistes qui travaillaient pour lui, et un morceau de craie lui suffisait pour ajouter aux traits d'un monstre en bois ou en carton un certain regard de malice qui frappait de terreur les jeunes générations de six à onze ans, pendant toutes les vacances de Noël.

Ce qu'il était en joujoux, il l'était aussi (comme la plupart des hommes) pour tout le reste. Vous pouvez donc facilement croire que sa grande redingote verte, boutonnée jusqu'au menton, protégeait contre le froid de l'hiver un homme extraordinairement désagréable. Non, jamais moins sociable compagnon n'était entré dans une paire de grosses bottes à revers couleur d'acajou, comme celles qui dérobaient aux yeux les jambes de M. Tackleton.

Et cependant Tackleton, le marchand de joujoux, allait se marier, – oui, se marier, en dépit de tout cela, et à une jeune femme, belle et jeune, qui plus est.

Il n'avait guère la tournure d'un fiancé pour ceux qui le virent apparaître dans la cuisine du voiturier John ; il n'en avait ni la tournure, ni la taille, ni la physionomie, ni le costume ; avec son dos voûté, avec sa figure sèche, son chapeau rabattu presque sur le nez, avec les mains dans ses poches, et le regard oblique de son petit œil qui était plutôt un œil de corbeau qu'un œil humain. Cependant il avait l'intention de se marier.

« Sous trois jours, jeudi prochain, le dernier jour du premier mois de l'année, aura lieu mon mariage, » dit Tackleton.

Ai-je dit qu'il avait toujours un œil ouvert et l'autre presque fermé, et que c'était dans l'œil presque fermé qu'étincelait l'expression de son visage ? Non, j'ai oublié de le dire.

– Oui, jeudi sera mon jour de noces, répéta Tackleton.

– Et ce sera l'anniversaire du nôtre, s'écria John.

– Ah ! ah ! dit en riant Tackleton ; c'est drôle ; vous êtes tout juste un couple comme celui que nous allons faire, – oui, tout juste. »

On ne saurait décrire l'indignation de Dot, lorsqu'elle entendit cette présomptueuse assertion. En vérité ! Et pourquoi s'arrêterait-il en si beau chemin ? Qui l'empêcherait donc de s'imaginer qu'il serait aussi, au bout de neuf mois, le père d'un enfant comme celui de John ! Cet homme extravague, pensait Dot.

– John ! un mot, je vous prie, murmura Tackleton en poussant du coude le messager et le prenant à part : vous viendrez à la noce, n'est-ce pas ? nous sommes logés à la même enseigne.

– Comment à la même enseigne ? demanda John.

– Vous savez bien, reprit Tackleton. Je veux dire qu'il y a une petite disproportion entre l'âge de nos femmes et le nôtre. Puis, en le poussant encore du coude, il ajouta : venez, avant jeudi, passer une soirée avec nous.

– Pourquoi ? demanda John, étonné de cette pressante hospitalité.

– Pourquoi ? répliqua l'autre… voilà une nouvelle manière de recevoir une invitation. Pourquoi ? mais pour le plaisir de la société et le reste.

– Je ne vous ai jamais cru très-sociable, dit John avec sa simple franchise.

– Ta ! ta ! il ne faut pas de détours avec vous, je le vois, dit Tackleton. Pour être vrai, c'est que vous avez – notre femme, et vous – ce que les buveurs de thé appellent un air de bien-être quand vous êtes ensemble. Nous savons ce qui en est, mais…

– Non, nous ne le savons pas, dit John en l'interrompant… Qu'entendez-vous par là ?

– Oh ! fort bien : Nous ne le savons pas, puisque vous le voulez, dit Tackleton. Nous serons d'accord pour ne pas le savoir ; qu'à cela ne tienne. Je voulais donc dire, qu'à cause de cette apparence, notre compagnie produira un effet favorable sur la future rs Tackleton. Ainsi, quoique votre femme ne soit pas en cette affaire très-bien disposée à mon égard, néanmoins elle ne pourra s'empêcher d'entrer dans mes vues, car il y a en elle cet air de contentement qui ne peut que parler pour moi, qu'elle le veuille ou non. Vous viendrez, n'est-ce pas ?

– Nous avons arrangé, dit John, que nous fêterions chez nous l'anniversaire de notre mariage. C'est une promesse que nous nous sommes faite à nous-mêmes, il y a six mois. Nous pensons, voyez-vous, que notre chez nous…

– Bah ! qu'est-ce que c'est que le chez nous ? s'écria Tackleton… quatre murs et un plafond !… (pourquoi ne tuez-vous pas ce cricri ? je le tuerais, moi… je les tue toujours… je hais leur tintamarre…) il y a chez moi aussi quatre murs et un plafond. Venez chez moi.

– Vous tuez vos cricris, eh ? dit John.

– Je les écrase, dit Tackleton, en frappant lourdement du pied. Promettez-moi de venir, c'est autant votre intérêt que le mien ; vous savez que les femmes se persuadent l'une à l'autre qu'elles sont contentes, qu'elles sont heureuses et qu'elles ne pourraient l'être davantage ailleurs. Je connais les femmes. Ce qu'une femme dit, une autre est toujours décidée à le dire. Aussi il y a entre elles un esprit d'émulation. Si votre femme dit à ma femme : je suis la plus heureuse femme du monde et mon mari est le meilleur des maris… je l'adore… ma femme dira la même chose à la vôtre, ou même ira plus loin et le croira à moitié.

– Voulez-vous donc dire, demanda John, qu'elle ne…

– Qu'elle ne… quoi ? » s'écria Tackleton avec un petit rire aigu.

John avait été sur le point d'ajouter, qu'elle ne vous adore pas… mais ayant rencontré l'œil à demi-fermé de son interlocuteur et son regard oblique, il n'osa pas se permettre une supposition semblable avec un personnage aussi peu fait pour être adoré, et, substituant un membre de phrase à un autre, il dit à Tackleton : « Qu'elle ne vous croit pas…

– Ah ! bon apôtre, vous raillez, » lui répliqua Tackleton.

Mais John, quoique lent à comprendre la portée de ce qu'il avait dit, le regarda d'un air si sérieux, que Tackleton fut obligé de s'expliquer un peu plus explicitement.

« J'ai la fantaisie, dit Tackleton, en levant les doigts de sa main gauche et tapant légèrement sur l'index comme pour signifier : Me voilà, moi Tackleton !… j'ai la fantaisie d'épouser une jeune femme et une jolie femme… (Ici il tapa, mais moins doucement, sur son petit doigt pour personnifier la future…) j'ai cette fantaisie, je puis me la passer. Mais, regardez-la.

Et il lui montrait du doigt Dot assise toute pensive, devant le feu du foyer, appuyant sur une main son joli menton creusé par une fossette et contemplant la flamme brillante. John regarda tout-à-coup Dot et Tackleton, elle encore et puis lui.

« Elle vous honore et vous obéit, sans doute, continua Tackleton ; eh bien, moi, qui ne suis pas un homme sentimental, je me contente de cela ; mais pensez-vous qu'il n'y a pas quelque chose de plus ?…

– Je pense, répliqua le voiturier, que j'aurais bientôt jeté par la fenêtre n'importe quel homme me dirait le contraire.

– C'est exactement cela, reprit Tackleton, avec une extraordinaire vivacité d'assentiment, oui, bien sûr, vous le feriez, je n'en doute point. Je vous souhaite le bonsoir et d'agréables rêves. »

Le bon voiturier fut troublé et se sentit un certain malaise d'esprit en dépit de lui-même. Il ne put s'empêcher de le laisser voir à sa manière.

« Bonsoir, mon cher ami, répéta Tackleton d'un air compatissant. Je pars. Nous sommes exactement les mêmes, vous et moi. Mais, je le vois bien, vous ne voulez pas nous donner la soirée de demain ? Eh bien, je sais à qui vous allez rendre visite. Je veux m'y trouver aussi et y mener ma future. Cela lui fera du bien. Vous êtes un agréable homme. Merci… Eh ! qu'est-ce ? »

C'était un cri poussé par la femme du voiturier, un cri aigu, un cri soudain qui fit trembler et retentir la cuisine comme un vase de cristal. Dot s'était levée de son siège et restait debout, immobile, pétrifiée par la terreur et la surprise. L'étranger s'était avancé vers le feu pour se chauffer, et se tenait à un pas de sa chaise, mais toujours calme.

« Dot ! s'écria John, ma chérie, qu'y a-t-il ? » En un moment, tout le monde fut auprès d'elle. Caleb commençait à s'endormir sur la boîte du gâteau de mariage, et, réveillé en sursaut, il avait saisi miss Slowboy par les cheveux ; mais recouvrant aussitôt sa présence d'esprit, il lui demandait excuse.

« Dot ! s'écria John en la soutenant dans ses bras, êtes-vous malade ? Qu'est-ce donc ? Parlez-moi, ma chère. »

Elle ne répondit qu'en se frappant les mains l'une contre l'autre et poussant un grand éclat de rire. Se laissant tomber des bras de John sur le plancher, elle se couvrit le visage avec son tablier et pleura amèrement ; puis de rire encore et de pleurer de nouveau ; enfin se plaignant du froid, elle souffrit qu'on la plaçât près du feu, où elle s'assit comme auparavant. Le vieil étranger se tenait, lui, toujours debout et calme.

« Je suis mieux, John, dit-elle, je suis tout-à-fait bien à présent… je… John !… » Mais John était à sa droite ; pourquoi se tournera gauche comme si c'était à l'étranger qu'elle s'adressait ? Sa raison se troublait-elle ?

« Ce n'était qu'une idée, mon cher John, une espèce de vision ou d'apparition soudaine… je ne sais ce que c'était… c'est fini… tout à fait fini.

— Je suis charmé que ce soit fini, marmota Tackleton en promenant son œil expressif autour de la chambre. Je ne puis deviner ce que ce pouvait être… hum ! Caleb, venez ici. Qui est ce vieux ?

— Je ne le connais pas, monsieur, répondit tout bas Caleb. Je ne l'ai jamais vu. Belle figure pour un cassenoisette, un nouveau modèle. Avec une mâchoire qui, en s'ouvrant, descendrait jusqu'à son gilet, il serait charmant.

— Pas assez laid, dit Tackleton.

— Ou pour une boîte à briquet, reprit Caleb en contemplant l'inconnu. Quel modèle ! Lui creuser la tête pour mettre les allumettes ; lui tourner les pieds en l'air pour le phosphore. Vraiment ! tel qu'il est, ce serait un briquet admirable sur la cheminée d'un gentleman.

— Pas assez laid, dit Tackleton. Il n'a rien qui prête… Venez, Caleb, portez-moi cette boîte. Cela va bien à présent, j'espère, madame Peerybingle ?

— Oh ! tout est fini, tout-à-fait fini, répondit la petite femme en le repoussant vivement du geste. Bonsoir.

— Bonsoir, dit Tackleton. Bonsoir, John Peerybingle. Prenez garde à la boîte, Caleb. Je vous tuerais si vous la laissiez tomber. Il fait nuit noire, et le temps s'est encore empiré. Eh ! bonsoir. »

Ce fut ainsi qu'il s'en alla après avoir jeté un dernier regard autour de la cuisine. Caleb le suivit, le gâteau de mariage sur la tête.

Le voiturier avait été si étourdi par le cri de sa petite femme, si inquiet de ce qui lui arrivait, si occupé à lui prodiguer ses soins, qu'il avait presque oublié la présence de l'étranger, lorsqu'il le retrouva enfin, toujours là, son seul hôte.

« Il n'appartient ni à Tackleton ni à Caleb, vous voyez, dit John à Dot, il faut que je l'avertisse qu'il est temps de s'en aller.

— Je vous demande bien pardon, mon ami, dit au même instant l'étranger, s'avançant vers lui, et d'autant plus que je crains que votre femme ait été indisposée. Mais le serviteur qui m'est presque indispensable à cause de mon infirmité n'étant pas arrivé, je crains qu'il n'y ait eu quelque méprise. La nuit qui m'a rendu l'abri de votre voiture si confortable est toujours affreuse. Voudriez-vous avoir l'extrême obligeance de me faire faire un lit ici ? » L'étranger avait donné plus d'emphase à ses paroles par sa pantomime, en touchant ses oreilles, lorsqu'il avait parlé de son infirmité.

« Oui, oui, s'écria Dot en répondant à sa dernière phrase... oui, certainement.

— Ah ! dit le voiturier, surpris de ce consentement empressé. Allons, je ne ferai pas d'obstacle, et cependant je ne suis pas très sûr que...

— Chut ! dit Dot, chut ! cher John.

— Oh ! il est sourd, répondit John à cette interruption.

— Je sais qu'il est sourd, mais... oui, monsieur, certainement, oui, certainement. Je vais lui faire un lit tout de suite, John. »

Et quand elle s'empressa d'aller le faire, le trouble de son esprit et son agitation étaient si visibles et si étranges que le voiturier, les yeux tournés vers elle, resta confondu.

« Les mères font donc un lit ? – dit miss Slowboy, adressant au nourrisson ses pluriels absurdes. – Oh ! ses cheveux deviendront noirs et frisés, quand on ôtera les bonnets, et ils ont donc effrayé une chères amies assises près du feu. »

Par une de ces inexplicables attractions qu'ont les choses les plus insignifiantes pour un esprit inquiet et troublé, le voiturier, se promenant lentement dans la cuisine, se surprit à répéter mentalement les phrases de Tilly Slowboy. Il les répéta tant de fois qu'il les avait apprises par cœur comme une leçon, lorsque Tilly, après avoir, selon la pratique des bonnes, frictionné avec la main la tête nue du poupon, crut devoir lui rattacher son bonnet.

« Effrayer une chères amies assises près du feu ! – Qu'est-ce qui a donc pu effrayer Dot ? Je me le demande. »

Telle était la réflexion que faisait le voiturier en se promenant en long et en large.

Il cherchait à bannir de son cœur les insinuations du marchand de joujoux, et malgré lui elles le remplissaient d'une inquiétude vague et indéfinissable ; car Tackleton était un esprit vif et rusé, tandis que John ne pouvait s'empêcher de se faire cet aveu pénible qu'il était, lui, un homme d'une perception lente, pour qui une indication incomplète ou interrompue était une continuelle torture. Certes, il n'avait pas la moindre intention de rattacher aucune des paroles de Tackleton à ce qui lui avait paru si extraordinaire tout à l'heure dans la conduite de sa femme. Mais ces deux sujets de réflexion s'emparaient ensemble de son imagination, et il ne pouvait parvenir à les séparer.

Le lit fut bientôt fait, et le voyageur sourd, refusant tout autre rafraîchissement qu'une tasse de thé, se retira dans sa chambre. Alors, Dot répétant que tout allait bien, tout à fait bien, arrangea le grand fauteuil, au coin de la cheminée, pour son mari, garnit sa pipe, la lui donna, et s'assit à côté de lui près du feu, sur son petit tabouret.

C'était son siège favori que ce petit tabouret. Je crois qu'elle l'aimait instinctivement comme un petit tabouret mignon, un tabouret ami.

Dot était d'ailleurs la femme la plus habile qu'on pût trouver dans les quatre parties du monde, pour garnir une pipe. C'était une charmante scène de la voir introduire ses jolis doigts dans le fourneau, souffler dans le tube pour le nettoyer ; puis, cela fait, affecter de croire qu'il y avait réellement quelque chose encore dans ce tube, y souffler une douzaine de fois, le braquer devant son œil comme un télescope, et regarder, avec la plus gracieuse mignardise. Quant au tabac, son talent était parfait pour en bourrer le fourneau ; mais ce talent devenait de l'art, oui, de l'art, entendez-vous, lorsque le voiturier, ayant mis la pipe à la bouche, elle l'allumait avec un morceau de papier, sans jamais lui brûler le nez, quoique la flamme le touchât presque.

C'était de l'art, comme le reconnurent le Cricri et la Bouilloire, en recommençant leur concert, – le feu, par ses nouveaux jets de flamme, – le petit faucheur de la pendule, en fauchant silencieusement son pré imaginaire ; mais surtout comme le reconnut John lui-même, dont le front se dérida, dont le visage s'épanouit.

Pendant qu'il fumait sa vieille pipe, avec un air grave et pensif, regardant flamber le feu, écoutant l'heure sonner à la pendule de Hollande et le Cricri gresillonner, le Cricri, le génie de son foyer et de sa maison (car le Cricri l'était réellement), une magie naturelle évoqua autour de lui une multitude d'images féeriques, gracieuses personnifications du bonheur domestique. Des Dots de tous les âges et de toutes les tailles remplirent la cuisine ; des Dots joyeuses petites filles, qui couraient devant lui en cueillant des fleurs dans les champs ; des Dots timides et pudiques auxquelles sa propre image souriait avec tendresse, et qui ne le repoussaient qu'à demi ; des Dots nouvelles mariées descendant à sa porte et prenant possession des clés du logis ; de petites Dots devenues mères, servies par des Slowboys fictives, portant des enfants au baptême ; des Dots déjà plus mûres, mais encore jeunes et fraîches, qui surveillaient d'autres petites Dots, leurs filles, dansant à des bals rustiques ; des Dots bonnes-mamans entourées de bandes de petits enfants vermeils ; des Dots, aïeules ridées, qui s'en allaient appuyées sur des béquilles. John vit aussi apparaître de vieux voituriers avec de vieux Boxers aveugles couchés à leurs pieds ; de nouvelles voitures conduites par de jeunes voituriers (on lisait Peerybingle frères sur la bâche) ; des vieux voituriers malades soignés par des mains délicates, et des tombeaux d'anciens voituriers recouverts d'un gazon vert, dans le cimetière. Le Cricri montrait à John toutes ces choses si visiblement – quoique ses yeux fussent fixés sur la flamme du foyer – que John sentit son cœur plus léger ; il se sentit heureux, et il remercia ses dieux domestiques, sans plus se soucier de Gruff et Tackleton que vous ne vous en souciez vous-mêmes.

Mais quel était ce jeune homme que le même Cricri féerique plaça tout-à-coup près du tabouret de Dot, et qui y resta debout et seul ? Pourquoi rester ainsi auprès d'elle, le bras appuyé sur le manteau de la cheminée, en répétant sans cesse : « Mariée ! et à un autre que moi ! »

Ô Dot ! ô fragile Dot ! Il n'y a pas de place pour cette image dans les visions de votre mari : pourquoi cette ombre est-elle tombée sur son foyer ?

SECOND CRI.

Caleb Plummer et sa fille aveugle vivaient seuls ensemble, comme disent les livres de contes. – Je bénis et j'espère que vous bénirez comme moi les livres de contes de vouloir bien dire quelque chose dans ce monde prosaïque ! – Caleb Plummer et sa fille aveugle vivaient seuls ensemble dans une petite maison de bois, une vraie coquille de maison, qui n'était guère qu'une excroissance sur la maison de Gruff et Tackleton. La demeure de Gruff et Tackleton était la maison la plus belle de la rue ; mais vous auriez pu jeter bas la niche de Caleb Plummer avec un ou deux coups de marteau, et en emporter tous les matériaux dans une charette.

Si quelqu'un, après cette démolition, avait fait à l'habitation de Caleb Plummer l'honneur de s'apercevoir qu'elle avait disparu, c'eût été sans doute pour approuver cette amélioration dans l'aspect de la rue ; elle était en effet à la maison de Gruff et Tackleton ce qu'une verrue aurait été sur le nez du marchand de joujoux, un coquillage sur la carène d'un bateau, un colimaçon sur une porte, ou un champignon sur le tronc d'un arbre. Mais c'était le germe d'où était sorti le tronc superbe de Gruff et Tackleton, et sous ce toît crevassé, l'avant-dernier Gruff avait commencé, sur une petite échelle, la fabrique des joujoux. Une ou deux générations d'enfants devenus grands avaient trouvé là leurs premiers jouets, en avaient fait leur bonheur, les avaient brisés et étaient allés faire dodo.

J'ai dit que Caleb et sa pauvre fille aveugle vivaient là ; mais j'aurais dû dire que Caleb y vivait et que sa pauvre fille aveugle vivait quelque autre part – dans une demeure enchantée dont l'ameublement appartenait à Caleb, où il n'y avait ni pauvreté ni misère, et où jamais n'entra le souci. Caleb n'était sorcier que dans l'unique sorcellerie qui nous reste : la sorcellerie de l'amour dévoué et impérissable. C'était la nature qui avait guidé ses études ; c'était cette savante maîtresse qui lui avait enseigné ses merveilleux secrets, – toute sa magie venait d'elle.

La jeune aveugle ignora toujours que le plafond de leur demeure était d'une teinte sale ; que les murs étaient couverts de taches et dépouillés de leurs revêtements de plâtre, lézardés même en plus d'un endroit, et laissant chaque jour à l'air un plus large passage ; la jeune aveugle ignora toujours que les solives vermoulues menaçaient ruines ; que la rouille rongeait le fer ; la pourriture le bois ; la moisissure le papier... enfin que cette baraque perdait chaque jour quelque chose de sa forme primitive et de ses dimensions régulières. La jeune fille ignora toujours que des faïences et poteries informes ou ébréchées étaient sur la table ; que le découragement et la tristesse étaient dans la maison ; que les cheveux rares de Caleb grisonnaient de plus en plus devant ses yeux privés de la vue. La jeune aveugle ignora toujours qu'ils avaient un maître au cœur froid, dur, exigeant, odieux ; bref, elle ignora toujours que Tackleton était Tackleton ; mais elle vécut dans la croyance qu'un original se plaisait à jouer le bourru bienfaisant, et, remplissant à leur égard le rôle d'un ange gardien, dédaignait d'entendre une seule parole de reconnaissance. Toute cette fiction était l'œuvre de Caleb, l'œuvre de ce père naïf ! Lui aussi, il avait un Cricri dans sa cheminée ! Pendant qu'il écoutait mélancoliquement sa musique, alors que l'orpheline aveugle était encore un enfant, cet Esprit lui avait inspiré la pensée que même son infirmité cruelle pouvait se changer presque en bienfait du ciel, et qu'il dépendait de lui de rendre sa fille heureuse par ces petits artifices ; car les Cricris sont une famille d'Esprits puissants, quoique ceux qui vivent avec eux l'ignorent (ce qui est fréquemment le cas). Il n'est pas, dans le monde invisible, des voix plus douces et plus vraies, des voix sur lesquelles on puisse compter plus sûrement, ou qui donnent des conseils plus tendres que les voix empruntées par les Esprits du foyer et du coin du feu pour s'adresser aux hommes.

Caleb et sa fille travaillaient donc ensemble, dans leur atelier ordinaire, qui était aussi la pièce où ils se tenaient tous les jours, – et c'était une pièce étrange. Il y avait là des maisons finies et non finies, pour les poupées de tous les rangs, dans la hiérarchie sociale ; des maisons du faubourg pour les poupées d'une fortune médiocre ; des cuisines et des appartements à une seule pièce pour les poupées des classes inférieures ; de belles maisons de ville pour les poupées du grand monde. Quelques-unes de ces résidences étaient déjà meublées dans le style convenable aux poupées qui devaient les habiter, meublées pour un ménage avec de petits revenus, ou d'autres qui pouvaient l'être sur un simple avis, et en un moment, avec luxe, car il n'y avait pas loin à aller pour trouver des planches toutes garnies de chaises et de tables, de sofas, de lits, et de tout ce que nous fournit le tapissier. Les personnages de la noblesse, de la bourgeoisie et du peuple, à qui ces habitations étaient destinées, restaient couchés çà et là dans des corbeilles, les yeux fixés sur le plafond ; mais en marquant leur rang social, et en les mettant chacun à leur place (ce que l'expérience nous démontre être si difficile dans la vie réelle), les créateurs de ces poupées avaient été plus habiles que la nature qui est souvent si maladroite ou si perverse ; au lieu de se contenter de distinctions aussi arbitraires que le sont des costumes de satin, de calicot et de haillons, ils avaient ajouté à chacune des différences personnelles, qui rendaient toute méprise impossible. Ainsi, la poupée, dame du grand monde, avait des jambes et des bras de cire d'une symétrie parfaite, et qui n'étaient accordés qu'à elle et à ses égales ; le second rang dans l'échelle sociale ayant des jambes et des bras de peaux, et le troisième rang des jambes et des bras en loques ou en toile grossière. Quant aux gens du commun, ils n'avaient tout juste que des bras et des jambes d'allumettes ; ils se trouvaient relégués dans leur sphère, sans la possibilité d'en sortir.

On voyait dans l'atelier de Caleb Plummer bien d'autres preuves de son talent que ces diverses poupées. Il y avait des arches de Noé, où les bêtes et les oiseaux étaient entassés, je vous assure, de manière à tenir le moins de place possible, et à supporter impunément toutes les secousses. Par une licence poétique, la plupart de ces arches de Noé avaient des marteaux sur la porte, appendices peu naturels peut-être, en ce qu'ils rappelaient l'importunité des visites matinales, y compris celles du facteur de la poste, mais qui ajoutaient un ornement gracieux à l'extérieur de l'édifice. Il y avait par vingtaines de tristes petites voitures, qui, dès que leurs roues tournaient, vous faisaient entendre une musique plaintive ; il y avait de petits violons, de petits tambours et autres instruments de torture, tout un arsenal de canons, de fusils, de boucliers, d'épées, de sabres et de lances. Il y avait de petits saltimbanques en culottes cramoisies, qui franchissaient incessamment des obstacles en ficelle rouge, et redescendaient de l'autre côté, la tête en bas. Il y avait d'innombrables barbons, à l'aspect respectable, pour ne pas dire vénérable, qui sautaient continuellement comme des fous par-dessus des barrières horizontales, ajustées exprès pour cela dans la porte de leur maison. Il y avait des animaux de toute espèce, et des chevaux, en particulier, depuis le chevalet tacheté sur quatre chevilles droites avec une petite touffe de crins pour crinière, jusqu'au coursier pur-sang prêt à gagner le prix du roi. Il serait difficile d'énumérer ce qu'il y avait là de figures grotesques, toujours empressées à faire toutes les absurdités possibles, pourvu qu'on tournât une simple manivelle, et plus difficile encore serait-il de mentionner toutes les folies humaines, tous les vices, toutes les infirmités qui avaient leur type complet ou incomplet dans l'atelier de Caleb Plummer ; – tout cela, sans aucune exagération, car il faut de bien petites manivelles pour faire faire à l'homme et à la femme des tours non moins étranges que ceux qu'exécutent n'importe quels jouets d'enfants.

Au milieu de tous ces objets travaillaient Caleb et sa fille ; la jeune aveugle occupée à habiller une poupée ; Caleb peignant et vernissant la façade d'une charmante maison.

L'expression soucieuse qui ridait le visage de Caleb, son air rêveur et distrait, qui aurait parfaitement convenu à la physionomie d'un alchimiste ou d'un philosophe studieux, faisaient à première vue un singulier contraste avec son occupation et les trivialités dont il était entouré. Mais les choses triviales, qu'on invente ou qu'on exécute pour avoir du pain, deviennent des choses matériellement très-sérieuses… En dehors de cette considération, je ne suis nullement préparé moi-même à dire que si Caleb avait été un lord chambellan, ou un membre de la chambre des communes, ou un avocat, ou même un grand spéculateur, il n'aurait pas passé son temps à faire des bagatelles moins bizarres ; ce dont je doute, c'est que ces bagatelles eussent été aussi innocentes que les autres.

« Ainsi vous avez été à la pluie hier au soir, mon père, avec votre belle redingote neuve, disait la fille de Caleb.

– Avec ma belle redingote neuve, répondait Caleb en regardant une corde à linge sur laquelle était soigneusement étendue, pour sécher, la souquenille de toile d'emballage que nous avons déjà décrite.

– Combien je suis aise que vous l'ayez achetée, mon père !

– Et chez un pareil tailleur, reprit Caleb ; un tailleur tout-à-fait fashionable. C'est trop beau pour moi. »

La jeune aveugle interrompit son ouvrage et sourit avec délices :

« Trop beau ; mon père ! qu'est-ce qui peut être trop beau pour vous ?

– Cependant je suis presque honteux de la porter, dit Caleb, cherchant à deviner l'effet de ses paroles sur le visage épanoui de sa fille ; sur mon honneur, vrai ! quand j'entends les gens et les enfants qui disent derrière moi : Oh ! voilà un élégant ! je ne sais où tourner les yeux, et hier au soir ce mendiant qui ne voulait pas s'en aller, lorsque je lui disais que j'étais un homme du commun, comme il sut bien me répondre : Non, non, Votre Honneur ! que Votre Honneur ne me dise pas cela ! Dans ma confusion il me semblait que je n'avais pas le droit de porter un si bel habit. »

Heureuse aveugle ! quelle joie, quel triomphe pour son cœur !

« Je vous vois, mon père, dit-elle en frappant des mains – je vous vois comme si j'avais ces yeux que je ne regrette jamais quand vous êtes avec moi… Un drap bleu !

– D'un beau bleu !

– Oui, oui, d'un beau bleu d'azur ! s'écria la jeune aveugle en relevant sa tête animée, la couleur que je me souviens avoir vue au ciel. Vous m'avez déjà dit que c'était du drap bleu – une belle redingote bleue…

– Faite aisée à la taille ! dit Caleb.

– Oui, aisée à la taille, s'écria la jeune aveugle riant de bon cœur ; je vous vois paré ainsi, cher père, avec votre œil gai, votre figure souriante, votre pas leste, vos cheveux noirs, l'air jeune et fier…

– Assez, assez, dit Caleb ; vous allez me rendre vain.

– Je crois que vous l'êtes déjà, s'écria la jeune aveugle toute joyeuse, en dirigeant vers lui son doigt indicateur. Je vous connais, mon père… Ah ! ah ! je vous ai deviné, voyez-vous. »

Quelle différence entre le Caleb peint dans son imagination et le Caleb qui était là assis, l'observant ! Elle avait parlé de son pas leste, elle ne se trompait pas en cela. Depuis des années, jamais Caleb n'avait franchi le seuil de la porte avec son pas traînant ; il entrait toujours en sautillant pour abuser son oreille… Jamais, alors que son cœur était le plus accablé, il n'avait oublié ce pas léger qui devait inspirer la gaîté et le courage au cœur de sa fille.

Dieu le sait ! mais je crois que l'air vague et égaré de Caleb provenait en grande partie de cette confusion que, pour l'amour de sa fille aveugle, il avait créée autour de lui. Comment le pauvre homme aurait-il pu ne pas avoir un peu d'égarement après avoir pendant si longtemps tout fait pour détruire sa propre identité et celle de tous les objets qui s'y rattachaient !

Caleb reprit son travail : « Allons, dit-il en reculant d'un pas ou deux pour mieux juger la perspective ; nous voici aussi près de la réalité que six fois deux liards sont près de six sous ! Quel dommage que la maison vous présente tout d'abord sa façade ! S'il y avait seulement un escalier et des portes régulières pour entrer dans les chambres ! Mais c'est là le pire côté de mon métier. Je suis toujours à me tromper et à m'abuser moi-même.

– Vous parlez bien bas, seriez-vous fatigué, mon père ?

– Fatigué ! s'écria Caleb avec un élan d'animation. Qu'est-ce qui me fatiguerait, Berthe ? je ne fus jamais fatigué. Qu'est-ce que cela signifie ?

Caleb s'était laissé surprendre à imiter involontairement deux bonshommes qui bâillaient et tendaient les bras sur la tablette de la cheminée, deux vrais types d'une lassitude éternelle par leurs gestes et leur attitude ; – pour donner plus d'emphase à ses paroles, il se mit à fredonner un couplet de chanson. C'était une chanson bachique, un refrain sur le rouge-bord, et qu'il entonna avec une affectation de bon vivant qui donna aux traits de son visage une expression mille fois plus maigre et plus soucieuse.

« Eh donc ! vous chantez, je crois ! dit Tackleton, qui survint et avança la tête à la porte. Chantez, chantez, je ne chante pas, moi ! »

Personne ne l'en eût soupçonné, certes ! il n'avait pas ce qu'on appelle généralement une figure chantante.

« Non, je ne saurais chanter, poursuivit-il ; je suis charmé que vous le puissiez, vous. J'espère que vous pouvez travailler aussi. J'aurais cru que vous n'aviez pas trop de temps pour faire l'un et l'autre.

– Si vous pouviez le voir, Berthe ! quel air goguenard il a en me regardant ! dit tout bas Caleb à sa fille. Quel homme pour plaisanter ! Vous croiriez, n'est-ce pas, qu'il parle sérieusement, s'il ne vous était bien connu ? »

La jeune aveugle sourit en faisant un signe de tête affirmatif.

« On dit, reprit Tackleton en grommelant, qu'il faut faire chanter l'oiseau qui sait chanter et qui ne chante pas ; mais que faire au hibou qui ne sait pas chanter, qui ne doit pas chanter et qui veut chanter ?

— Oh ! dit encore Caleb à sa fille de sa voix la plus basse, oh ! si vous le voyiez ! quels yeux il nous fait ! Ah ! grâce du ciel !

— Toujours gai et plaisant avec nous ! s'écria Berthe, qui souriait de cette scène.

— Ah ! vous voilà, vous ? répondit Tackleton… Pauvre idiote ! »

Il croyait réellement que c'était une idiote, et sur quoi se fondait-il pour le croire ? sur ce qu'elle avait pour lui une si vive affection. Mais je ne saurais dire s'il avait bien la conscience de son raisonnement.

« Eh donc ! puisque vous êtes là… comment allez-vous ? dit Tackleton avec son ton brusque.

— Oh ! bien, tout-à-fait bien, et aussi heureuse que vous pouvez le désirer… aussi heureuse que vous voudriez que tout le monde le fût si cela dépendait de vous. »

— Pauvre idiote ! murmura Tackleton ; pas une lueur de raison, pas une lueur ! »

La jeune aveugle lui prit la main et la baisa ; elle la pressa un moment entre les siennes et y appuya tendrement une de ses joues avant de la quitter. Il y avait dans cet acte une affection si vraie, une gratitude si fervente, que Tackleton lui-même se sentit touché, jusqu'à dire avec un grognement un peu moins brutal :

« De quoi s'agit-il maintenant ?

— Je l'ai placé près de mon oreiller en allant me coucher hier au soir, dit Berthe, et je m'en suis souvenue dans mes rêves : puis quand le jour a lui, quand s'est levé le beau soleil rouge, le soleil rouge, mon père !

— Rouge le matin et rouge le soir, Berthe, dit le pauvre Caleb en tournant un regard triste sur le marchand.

— Quand il s'est levé, quand j'ai senti entrer dans la chambre cette brillante lumière contre laquelle j'ai presque peur d'aller me heurter en marchant, j'ai tourné vers elle la petite plante, et j'ai béni le ciel qui nous a fait des choses si précieuses, et je vous ai béni, vous, qui me les envoyez pour me faire plaisir. »

— Folle comme une échappée de Bedlam ! dit à demi-voix Tackleton ; nous en serons bientôt aux menottes et gilets de force. Cela va vite ! »

En l'écoutant, Caleb, les mains lâchement accrochées l'une dans l'autre, roulait des yeux égarés, comme s'il eût presque pensé lui-même que Tackleton avait fait quelque chose pour mériter ces tendres remercîments. Si Caleb eût été libre en ce moment d'agir à sa volonté, et si, sous peine de mort, il lui eût fallu choisir entre chasser le marchand de joujoux à coups de pied ou tomber à ses genoux, je crois que dans son trouble il eût été fort indécis. Cependant Caleb savait bien que c'était lui-même qui avait apporté à Berthe le petit rosier, et que c'était lui qui avait forgé l'innocente déception qui empêchait sa fille de soupçonner toutes les privations qu'il s'imposait tous les jours, afin de la rendre moins malheureuse.

« Berthe ! dit Tackleton, affectant, pour la première fois, un peu de cordialité, venez ici.

— Ah ! répondit-elle, je puis aller droit à vous. Vous n'avez pas besoin de me guider.

— Vous dirai-je un secret, Berthe ?

— Si vous voulez, » répondit-elle avec empressement.

Comme il s'anima ce visage privé de la vue, comme elle devint radieuse cette tête dans une attitude attentive !

« C'est aujourd'hui, dit Tackleton, que cette petite… comment l'appelez-vous ? cet enfant gâté, la femme de Peerybingle vient vous faire sa visite de quinzaine, – c'est ce soir qu'elle fait ici son pique-nique, n'est-ce pas ? ajouta-t-il avec une vive expression de répugnance pour la chose.

— Oui, répondit Berthe, c'est aujourd'hui.

— Je le savais, dit Tackleton. Je voudrais être de la partie.

— Entendez-vous cela, mon père ? s'écria la jeune aveugle avec transport.

— Oui, oui, je l'entends, murmura Caleb avec le regard fixe d'un somnambule, mais je ne le crois pas ; c'est un de mes mensonges, sans doute.

– C'est que, voyez-vous, je voudrais rapprocher de plus en plus les Peerybingle de May Fielding, dit Tackleton… Je vais me marier avec May.

– Vous marier ! s'écria la jeune aveugle, qui tressaillit en reculant.

– Cette fille est si complètement idiote, murmura Tackleton, que je croyais qu'elle ne me comprendrait jamais… Oui, Berthe, ajouta-t-il plus haut, me marier, avec l'église, le prêtre, le clerc, le bedeau, le carrosse à glaces, les cloches, le déjeuner, le gâteau de mariage, les rubans, le chapeau chinois, le triangle, les cymbales et toutes les autres drôleries d'une noce… une noce, vous savez, une noce… Ne savez-vous pas ce que c'est qu'une noce ?

– Je le sais, reprit la jeune aveugle d'une voix timide ; je comprends.

– Vrai ! dit Tackleton ; vous comprenez mieux que je ne pensais. Eh bien ! c'est pour cela que je veux être de votre pique-nique, et y amener May avec sa mère. Je vous enverrai avant ce soir quelque petite chose, un gigot de mouton froid ou quelque friandise du même genre… Vous m'attendrez.

– Oui, » répondit-elle.

Elle avait laissé retomber sa tête sur sa poitrine, et s'étant retournée d'un autre côté, les mains jointes, elle restait immobile et rêveuse.

« M'attendrez-vous réellement ? j'en doute, dit Tackleton en la regardant, car vous semblez déjà avoir tout oublié… Caleb !

– J'oserai dire que je suis ici, je suppose, pensa Caleb… monsieur !

– Prenez garde qu'elle n'oublie ce que je lui ai dit !

– Elle n'oublie jamais, reprit Caleb ; c'est une de ses qualités.

– Chacun croit que ses oies sont des cygnes, remarqua le marchand de joujoux avec un mouvement d'épaules. Pauvre diable ! »

S'étant débarrassé de cette réflexion proverbiale avec un ineffable dédain, le vieux Gruff et Tackleton se retira.

Berthe resta où il l'avait laissée, perdue dans ses méditations. La gaîté avait disparu de son visage baissé, et elle était bien triste. Trois ou quatre fois, elle branla la tête comme si elle déplorait quelque souvenir ou quelque perte ; mais ses pensées mélancoliques ne trouvèrent aucun mot pour se révéler.

Caleb avait été occupé à atteler une paire de chevaux à un wagon par le procédé simplifié de clouer le harnais dans les parties vives de leurs corps. Tout-à-coup, elle s'approcha de son siège, et s'asseyant près de lui :

– Mon père, dit-elle, je suis seule dans les ténèbres, j'ai besoin de mes yeux, de mes yeux patients et complaisants.

– Les voici, dit Caleb, toujours prêts ; ils sont plus vôtres que miens, Berthe, n'importe à quelle heure des vingt-quatre. Que feront vos yeux pour vous, ma chère fille ?

– Regardez autour de la chambre, mon père.

– C'est fait, répondit Caleb ; aussitôt fait que dit, Berthe.

– Que voyez-vous ?

– Tout est comme à l'ordinaire, dit Caleb ; tout est simple, mais très-confortable. Les murailles ont toujours leurs teintes gaies ; les fleurs s'épanouissent sur les plats et les assiettes ; le bois a son lustre et son poli partout où il y a des panneaux et des solives visibles. Tout est si agréable à l'œil, tout est si gai, que la maison est vraiment jolie. »

Elle était agréable et gaie partout où les mains de Berthe pouvaient atteindre ; mais partout ailleurs il était impossible de trouver rien d'agréable et de gai dans la vieille masure crevassée, si bien transformée par l'imagination de Caleb.

Berthe toucha son père.

« Vous avez sur vous votre habit de travail, et n'êtes pas si brave que lorsque vous portez le bel habit, lui dit-elle.

– Pas si brave, sans doute, répondit Caleb ; mais assez bien cependant.

– Mon père, dit la jeune aveugle, se rapprochant de plus en plus de lui, et lui passant un bras autour du cou, parlez-moi de May.... Elle était très-jolie, n'est-ce pas ?

– Oui, certes, » répondit Caleb ; et elle était jolie en effet. Caleb pouvait bien cette fois répondre ainsi sans avoir recours à son génie inventif.

« Elle a des cheveux noirs, dit Berthe d'un ton pensif, plus noirs que les miens ; sa voix est douce et mélodieuse, je le sais : j'ai aimé souvent à l'écouter. Sa taille…

– Il n'y a pas une poupée ici qui en ait une aussi fine, dit Caleb ; et ses yeux… »

Il s'arrêta, car Berthe s'était suspendue tout-à-fait à son cou, et son bras l'entourait d'une étreinte qu'il ne comprit que trop bien.

Il toussa un moment, il bégaya un moment, et puis se remit à entonner la chanson à boire, son infatigable ressource dans des embarras pareils.

« Notre ami, notre bienfaiteur, je ne me lasse jamais, vous le savez, mon père, d'entendre parler de lui. M'en suis-je jamais lassée ? répéta-t-elle avec une certaine précipitation.

– Non, assurément, répondit Caleb ; non, et avec raison.

– Ah ! avec combien de raison ! » s'écria la jeune aveugle ; et son accent fut si pénétrant que Caleb, quoique ses motifs fussent si purs, n'osa pas la regarder ; il baissa les yeux comme si sa fille elle-même avait pu y lire son innocent mensonge.

« Eh bien ! donc, parlez-m'en encore, père chéri, dit Berthe ; reparlez-m'en souvent. Redites-moi que sa physionomie est bienveillante, bonne et tendre… franche et honnête aussi, j'en suis certaine. Ce cœur généreux, qui cherche à dissimuler tous ses bienfaits sous une apparence de rudesse et de brusquerie, se trahit dans tous ses regards, n'est-ce pas ?

– Et lui donne l'air noble, » ajouta Caleb dans son calme désespoir.

– Et lui donne l'air noble ! s'écria la jeune aveugle. Il est plus âgé que May, mon père ?

– Oui, répondit Caleb, comme malgré lui ; il est un peu plus âgé que May… Qu'est-ce que cela fait ?

– Ô mon père ! oui ! Être sa compagne patiente pendant les infirmités de la vieillesse, être sa garde assidue dans la maladie et son amie constante dans ses heures de souffrance et de chagrin ; ne jamais se sentir fatiguée de travailler pour lui ; veiller sur sa santé, lui prodiguer mille soins, s'asseoir près de son lit, lui parler dans la veille, prier pour lui dans son sommeil ; quels privilèges ! quelles occasions de lui prouver sa fidélité et son dévoûment !… Ferait-elle tout cela, cher père ?

– Sans aucun doute, dit Caleb.

– J'aime May, mon père ; je puis l'aimer du fond de mon âme ! » s'écria la jeune aveugle. Et en parlant ainsi elle appuya son pauvre front sur l'épaule de Caleb, en pleurant, en pleurant si abondamment, que Caleb se reprocha presque de lui avoir causé ce bonheur si plein de larmes.

Cependant il y avait eu une assez vive commotion chez John Peerybingle, car naturellement la petite rs Peerybingle ne pouvait penser à aller n'importe où sans le poupon, et mettre le poupon en état de voyager prenait du temps ; non que le poupon pesât beaucoup ou tînt beaucoup de place, mais les préparatifs n'en finissaient pas, et il fallait y aviser sans trop se presser. Par exemple, lorsque le poupon fut habillé jusqu'à un certain point, lorsque vous auriez pu raisonnablement supposer qu'il ne manquait plus que quelques couches à sa toilette pour en faire un poupon parfaitement équipé et qu'on pouvait présenter à tout le monde, il fut tout-à-coup coiffé d'un bonnet de flanelle et porté dans son berceau, où il sommeilla entre deux couvertures pendant à peu près une heure. De cet état d'inaction, il fut ramené frais comme une rose et rugissant pour faire… ce que vous me permettrez d'appeler – un léger repas. Après quoi, il alla dormir encore. rs Peerybingle profita de cet intervalle pour se faire aussi pimpante qu'une jeune femme peut l'être, et pendant la même trêve accordée à ses fonctions, miss Slowboy s'insinua dans un spencer d'une forme si surprenante et si ingénieuse, qu'il ne semblait avoir été fait ni pour elle ni pour personne au monde, véritable spencer fantastique destiné à ne servir jamais de vêtement à un corps mortel. Mais déjà le poupon réveillé était paré à son tour, grâce aux efforts combinés de rs Peerybingle et de miss Slowboy, d'un manteau blanc de lait pour son corps et d'une espèce de bonnet nankin. Ce fut alors seulement que tous les trois descendirent sur la porte, où le vieux cheval avait depuis une heure creusé et dégradé la route sous ses autographes impatients, pour la valeur du péage qu'il faudrait payer à la barrière. Le non moins fougueux Boxer était déjà parti : on l'apercevait dans une perspective lointaine qui s'arrêtait, et, se tournant vers son compagnon, le sollicitait à venir le rejoindre sans ordre.

Quant à une chaise ou toute autre espèce de montoir pour aider rs Peerybingle à entrer dans la voiture, vous connaissez bien peu John, si vous croyez qu'il en eût besoin. D'un tour de bras il enleva sa petite femme, et, au même instant, elle était en place, fraîche et vermeille, qui lui disait : « John, comment pouvez-vous penser à Tilly ? »

Si je pouvais me permettre de mentionner, n'importe pour quel motif, les jambes d'une jeune personne, je dirais de celles de miss Slowboy qu'une fatalité singulière les exposait sans cesse à être écorchées : impossible à elle d'effectuer aucune montée ni aucune descente sans en avoir la marque imprimée sur ses tibias, pendant véritable de ce calendrier de bois sur lequel Robinson Crusoé inscrivait chaque jour de son exil dans son île. Mais de peur de paraître impoli aux dames, je garde pour moi ce que j'en pense.

« John, avez-vous pris le panier qui contient le pâté au jambon et au veau, les autres choses et les bouteilles de bière ? demanda Dot. Si vous l'avez oublié, il faut retourner tout de suite.

— Vous êtes une jolie petite femme, reprit le voiturier, de me dire de retourner après m'avoir fait perdre un bon quart-d'heure à vous attendre.

— J'en suis fâchée, John, dit Dot toute troublée ; mais je ne saurais penser à aller chez Berthe, non, John, je n'irai à aucun prix, sans le pâté au veau et au jambon, les autres choses et les bouteilles de bière… Way ! »

Ce dernier monosyllabe s'adressait au cheval, qui n'y faisait pas la moindre attention.

« Ah ! arrêtez Way, John, dit rs Peerybingle : je vous en prie.

— Il sera temps de l'arrêter, reprit John, lorsque j'aurai laissé quelque chose. Le panier est ici en sûreté, j'espère.

— Monstre que vous êtes ! cœur de rocher, de ne pas me l'avoir dit tout de suite, John, pour m'épargner cette inquiétude ! Je déclare que pour rien au monde je n'irais chez Berthe sans le pâté au veau et au jambon, les autres choses et les bouteilles de bière. Régulièrement tous les quinze jours, depuis notre mariage, John, nous avons fait là notre petit pique-nique. Si quelque chose allait de travers dans cette partie, je croirais qu'il n'y a plus de bonheur pour nous.

— Allons, c'était une bonne pensée qui vous a fait parler, dit John ; et je vous honore pour cela, petite femme.

— Mon cher John, reprit Dot en rougissant, ne parlez pas de m'honorer… Bonté divine !

– À propos ! remarqua le voiturier, ce vieux monsieur… »

Dot parut embarrassée.

» C'est un étrange original, poursuivit John en regardant devant lui sur la route ; je ne puis savoir qui c'est ; mais je ne puis croire que ce soit un méchant homme.

– Oh ! nullement ; je suis sûre, très-sûre du contraire. »

L'accent ému de Dot attira naturellement les regards de son mari sur elle.

« Oui, dit-il ; je suis charmé que vous en soyez si convaincue, parce que cela fortifie ma propre conviction. Mais n'est-ce pas curieux qu'il se soit mis dans la tête de nous demander à loger chez nous ? Il y a des choses si étranges !

– Si étranges ! répéta Dot d'un son de voix à peine intelligible.

– Cependant c'est un vieux gentleman qui paraît bon diable, dit John, qui paie en gentleman, et à la parole de qui on peut se fier comme à la parole d'un gentleman. J'ai eu une longue conversation avec lui ce matin ; il m'entend déjà mieux, dit-il, à ce qu'il assure, en devenant plus accoutumé à ma voix. Il m'a beaucoup parlé de lui-même, et je lui ai parlé de moi. Que de questions il m'a faites ! Je lui ai appris comme quoi j'avais deux chemins, vous savez, à servir avec ma voiture ; un jour allant par celui de droite et retour, un autre par celui de gauche, et il a voulu savoir les noms des endroits où je passe, ce qui l'a amusé, étant étranger. « Ainsi donc, m'a-t-il dit, je retournerai ce soir par le même chemin que vous, lorsque je croyais que vous reviendriez par le chemin exactement contraire. C'est excellent ! Je vous prierai encore une fois peut-être de vous charger de moi ; mais je vous promets de ne plus m'endormir si profondément. » C'est qu'il était en effet profondément endormi. – Dot, à quoi pensez-vous ?

– Je vous écoute… À quoi je pense, John ? Je…

– Ah ! très-bien, dit l'honnête voiturier. À l'air distrait de votre figure, j'avais peur d'avoir parlé si longuement que vous n'étiez plus à la conversation. »

Dot ne répondit plus, et ils continuèrent, pendant quelque temps à faire route en silence. Mais il n'était pas aisé de rester longtemps muet dans la voiture de John Peerybingle ; car on ne rencontrait personne qui n'eût quelque chose à dire, ne fût-ce que « comment allez-vous ? » en vérité, le plus souvent ce n'était pas davantage ; mais encore fallait-il y répondre avec un véritable esprit de cordialité, non-seulement par un salut de tête et un sourire, mais par l'action des poumons, comme s'il s'agissait d'une lutte parlementaire. Quelquefois des passants à pied ou à cheval venaient marcher ou chevaucher un petit bout de chemin derrière la voiture, pour faire un peu de causerie, et alors il y avait beaucoup de paroles échangées de part et d'autre.

Ensuite, Boxer, à lui seul, valait six chrétiens, pour faire reconnaître un ami au voiturier, ou le voiturier à un ami. Boxer était connu de tout le monde, sur la route, surtout par les poules et les pourceaux, qui ne le voyaient pas plutôt s'approcher le corps oblique, les oreilles dressées avec un air curieux, et son tronçon de queue en mouvement, qu'ils se réfugiaient dans leurs retranchements les plus éloignés, sans attendre l'honneur d'une plus intime connaissance. Boxer avait affaire partout ; il furetait dans tous les sentiers, regardait dans tous les puits, visitait toutes les chaumières, faisait irruption au milieu de toutes les écoles d'enfants, effrayait tous les pigeons, faisait relever la queue à tous les chats, et entrait dans tous les cabarets comme une pratique habituelle. Partout où il paraissait, quelqu'un s'écriait : « Holà ! voici Boxer, » et ce quelqu'un sortait aussitôt, accompagné par deux ou trois autres, pour souhaiter le bonjour à John Peerybingle et à sa jolie femme.

Les gros paquets et les petits paquets, les uns à remettre, les autres à recevoir, forçaient encore le voiturier à faire de nombreuses haltes, qui n'étaient pas d'ailleurs le moindre des agréments du voyage.

Il y avait des gens si impatients de recevoir un paquet et d'autres si étonnés ! Il y en avait qui étaient si diffus quand ils recommandaient celui qu'ils confiaient à John, et John lui-même prenait un intérêt si vif à tous, que c'était une suite de scènes dramatiques. Enfin, il y avait des articles dont il était impossible de se charger, sans avoir au préalable une conférence et une discussion avec ceux qui en faisaient l'envoi. C'étaient alors des conciliabules auxquels Boxer assistait ordinairement, tantôt avec un accès d'attention immobile, tantôt en courant avec pétulance autour des discoureurs, et aboyant à s'enrouer. Ces petits incidents avaient Dot pour spectatrice, qui, les yeux ouverts, s'amusait de tout sans quitter son siège dans la voiture, charmant portrait, admirablement encadré par la toile de la bâche ; aussi, les jeunes gens qui l'apercevaient ne manquaient pas de se toucher du coude, de se regarder, de se parler bas, et d'exprimer, d'une manière ou d'autre, l'envie que leur inspirait l'heureux John. L'heureux John était ravi, il était fier de voir admirer sa petite femme, sachant bien qu'elle n'y faisait guère attention quoiqu'elle aussi, peut-être, n'en fût pas fâchée non plus.

Ce voyage avait lieu par un jour de brume, par un froid piquant, car on était en janvier ; mais qui s'inquiétait de ces bagatelles ? Ce n'était pas Dot, assurément ; ce n'était pas Tilly Slowboy, qui estimait que voyager en voiture était le suprême plaisir sur terre, le comble des félicités humaines ; ce n'était pas le poupon, je le jure, car il n'exista jamais une nature de poupon plus heureuse que celle de ce petit Peerybingle, il n'en exista jamais pour avoir toujours chaud, et pour bien dormir en voiture comme dans son berceau.

Vous ne pouvez voir bien loin à travers le brouillard, nécessairement ; mais vous pouvez voir beaucoup encore, oh ! oui, beaucoup. Pour peu que vous vouliez bien regarder, combien de choses vous apparaissent dans un brouillard plus épais que celui de ce jour-là ! C'était déjà un charmant spectacle que de voir dans les champs ces cercles de gazon qu'on appelle les traces de la ronde des fées, et ces vestiges de la dernière neige ou de la dernière gelée, qui blanchissaient les places où l'ombre retarde le dégel près des haies et des arbres ; sans parler des formes bizarres que présentaient tout-à-coup les arbres eux-mêmes au milieu de la brume. Les haies, toutes dépouillées de leurs feuilles, abandonnaient au vent une multitude de guirlandes flétries ; mais cette vue n'avait rien de décourageant : elle vous rappelait agréablement que vous possédiez un bon coin du feu pour l'hiver, et le printemps vous apparaissait plus vert dans votre espérance. La rivière avait un air de froidure, mais elle était libre encore et courait plus rapidement, ce qui était l'essentiel ; le canal restait lent et frappé de torpeur, il faut en convenir ; mais qu'importe ? il serait plus tôt pris lorsque la gelée viendrait tout de bon, et alors quelle belle carrière ouverte aux patineurs ! Déjà les grosses barques avaient prudemment cherché un abri près du quai où elles allaient faire fumer tout le jour leurs longs tuyaux rouillés, et attendre oisivement la liberté des eaux.

Un énorme tas de ronces ou de chaume brûlait dans un champ ; autre spectacle que cette flamme si blanche, en plein jour, au milieu du brouillard, et jetant par moment quelques éclairs plus rouges, jusqu'à ce que Miss Slowboy se plaignît que la fumée lui pinçait le nez et l'étouffait ; – sur quoi, comme c'était son usage à la moindre provocation, elle réveilla le poupon qui ne voulut plus se rendormir. Mais Boxer, qui était en avant d'un quart de mille, à peu près, avait déjà franchi les limites de la ville, et atteint le coin de la rue où vivaient Caleb et la jeune aveugle. Longtemps avant que Peerybingle et sa femme fussent arrivés, le père et la fille étaient sur leur porte pour les recevoir.

Boxer, vous dirai-je en passant, lorsqu'il communiquait avec Berthe, faisait à sa manière certaines distinctions délicates qui me persuadent qu'il savait qu'elle était aveugle. Il ne cherchait jamais à attirer son attention en la regardant, comme il faisait mainte fois en s'adressant aux autres personnes ; il la touchait. Je ne puis vous dire s'il avait fréquenté des chiens aveugles ; il n'avait jamais vécu avec un maître aveugle ; ni Boxer le père, ni rs Boxer la mère, ni aucun des membres de cette respectable famille n'avaient, que je sache, été aveugles. Peut-être Boxer avait-il trouvé cela tout seul, mais il l'avait trouvé. Il s'empara donc de Berthe, en saisissant avec ses dents le bas de sa robe, et ne lâcha prise que lorsque rs Peerybingle et l'enfant, Tilly Slowboy et le panier furent tous en sûreté dans la maison.

May Fielding était déjà arrivée, et sa mère avec elle – petite vieille grondeuse, à l'air boudeur, qui, sous prétexte qu'elle avait conservé une taille mince comme une colonne de lit, était supposée avoir une taille transcendante, et qui prétendait aussi être très-comme il faut et prenait des airs protecteurs, sous cet autre prétexte qu'elle avait autrefois été dans un meilleur état de fortune ou qu'elle aurait pu l'être, si quelque chose avait eu lieu, laquelle chose n'avait pas eu lieu, et ne paraissait pas devoir jamais avoir lieu… Mais n'importe. Gruff et Tackleton était là aussi, faisant l'agréable, avec la figure d'un homme qui se sentait à son aise, et dans son élément naturel… autant que le serait un jeune saumon sur le faîte de la grande pyramide.

« May, ma chère et ancienne amie, s'écria Dot en courant à elle. Quel bonheur de vous voir ! »

Son ancienne amie était certainement aussi cordialement ravie qu'elle, et croyez-moi, ce fut une scène charmante de les voir s'embrasser. Tackleton était un homme de goût, incontestablement. May était très-jolie.

Lorsqu'une jolie figure à laquelle vous êtes accoutumé se met en contact avec une autre jolie figure, vous savez que quelquefois la comparaison la fait paraître moins fraîche et moins jolie, ne méritant guère la haute opinion que vous en aviez. Ce n'était nullement le cas, ni avec Dot ni avec May, car la figure de May faisait ressortir celle de Dot, et la figure de Dot celle de May, si naturellement et si agréablement qu'elles auraient dû naître sœurs – comme John Peerybingle fut sur le point de le dire lorsqu'il entra : c'était vraiment tout ce qui manquait à l'assortiment de ces deux jolies figures.

Tackleton avait apporté son gigot de mouton, et merveille à raconter, une tarte encore… Nous ne regrettons pas un peu de profusion lorsqu'il s'agit de nos fiancées ; on ne se marie pas tous les jours. À ces friandises venaient s'ajouter le pâté au veau et au jambon, et les autres choses – comme rs Peerybingle les appelait – c'est-à-dire des noix, des oranges et des petits gâteaux. Lorsque le repas fut servi sur la table, flanqué de l'écot de Caleb, qui était un grand plat en bois de pommes de terre fumantes, (seul écot que, par un contrat solennel, il eût le droit de fournir), Tackleton offrit le bras à sa future belle-mère, pour la faire asseoir à la place d'honneur. Afin de mieux orner cette place d'honneur, la majestueuse personne s'était parée d'un bonnet monté, qui, dans ses calculs, devait inspirer aux plus étourdis des sentiments de vénération. Elle portait aussi des gants. Il faut être à la mode ou mourir. Caleb s'assit à côté de sa fille, Dot et son ancienne amie d'enfance s'assirent à côté l'une de l'autre ; le bon voiturier s'empara du bout de la table.

Miss Slowboy avait été isolée de tout autre meuble que la chaise où elle était assise, afin de ne rien avoir à sa portée pour heurter la tête du poupon. Elle regardait les poupées et les bonshommes, qui la regardaient elle aussi, ainsi que la compagnie. Les vieux bonshommes occupés à faire leur culbute (tous en activité) prenaient surtout un véritable intérêt au pique-nique, s'arrêtant parfois avant de sauter, comme s'ils écoutaient la conversation, et puis, faisant leur extravagant plongeon plusieurs fois de suite, sans se donner le temps de respirer – comme exaltés par une folle joie.

Certainement, si ces vieux bonshommes avaient eu la moindre envie de goûter une joie maligne en contemplant la déconvenue de Tackleton, ils pouvaient largement se satisfaire. Tackleton ne pouvait parvenir à se mettre en belle humeur ; plus sa future devenait gaie dans la société de Dot, moins il était content, quoiqu'il les eût réunies dans un but d'amusement. C'était un vrai chien dans la mangeoire que Tackleton : lorsqu'on riait et qu'il ne pouvait rire, il se persuadait aussitôt qu'on riait de lui !

« Ah ! May, dit Dot, chère amie, quels changements ! Comme à parler de ces joyeux tours de l'école, on se sent rajeunir !

– Mais, observa Tackleton, vous n'êtes pas encore si vieille, il me semble.

– Voyez mon sage et laborieux mari, répliqua Dot, il ajoute au moins vingt années à mon âge ; n'est-il pas vrai, John ?

– Quarante, répondit John.

– Combien en ajouterez-vous à l'âge de May, vous, monsieur Tackleton ? Je ne sais pas trop, dit Dot en riant, mais elle risque bien, au prochain anniversaire de sa naissance, d'avoir près de cent ans.

– Eh ! eh ! s'écria Tackleton, s'efforçant de rire ; mais il riait jaune, et à l'air avec lequel il regarda Dot, on eût pu croire qu'il l'aurait étranglée volontiers.

– Chérie, continua Dot, vous souvenez-vous comme nous parlions, à l'école, des maris que nous choisirions un jour ? Je ne sais plus combien le mien devait être jeune, beau, gai, aimable, et quant au vôtre, May… ah ! chérie, je ne sais si je dois rire ou pleurer quand je pense quelles folles nous étions ! »

Ne pas savoir si elle devait rire ou pleurer !… May parut fort bien le savoir, elle, car le sang lui monta au visage et les larmes lui vinrent aux yeux.

« Et ceux qui – les jeunes gens – ceux qui fixaient quelquefois notre attention ! continua Dot, ah ! que nous nous doutions peu du cours que prendraient les choses ! Je ne pensais guère à John, j'en suis bien sûre… et vous, May, si je vous avais dit que vous épouseriez un jour Tackleton, comme vous m'auriez souffletée, n'est-ce pas ? »

Quoique May ne répondit pas oui, certainement elle ne dit pas non, et n'exprima pas la moindre envie de le dire. Tackleton rit d'un rire bruyant. John Peerybingle rit aussi de son rire de bonne humeur et d'homme heureux ; mais son rire était un rire à voix basse auprès de celui de Tackleton.

« Malgré tout cela, vous n'avez pu ni vous échapper ni nous résister, dit ce dernier. Nous voici, nous voici ; où sont vos jeunes et joyeux fiancés à présent ?

– Quelques-uns sont morts, dit Dot, quelques-uns oubliés. D'autres, s'ils pouvaient tout-à-coup se trouver avec nous en ce moment, ne pourraient croire que nous soyons les mêmes créatures. Ils ne croiraient ni leurs yeux, ni leurs oreilles en nous voyant et en nous écoutant ; ils ne croiraient pas que nous puissions les oublier. Non, ils n'en croiraient rien.

– Holà ! Dot, s'écria le voiturier. Petite femme !… »

Elle avait parlé avec tant d'émotion et de chaleur, qu'elle avait besoin sans doute que quelqu'un la rappelât à elle-même. L'intervention de son mari n'avait rien d'amer, car il pensait n'intervenir que pour défendre le vieux Tackleton… Cette douce réprimande suffit et Dot se tut ; mais il y eut une émotion extraordinaire même dans son silence, et elle fut remarquée par l'astucieux Tackleton, qui avait fixé sur elle son œil à demi-fermé. Il s'en souvint aussi dans l'occasion, comme vous le verrez.

May ne prononça pas une parole, ni en bien ni en mal, mais elle restait immobile, baissant les yeux, comme si elle n'éprouvait aucun intérêt à ce qui s'était passé. La bonne dame, sa mère, intervint aussi à son tour, faisant observer d'abord que les jeunes filles étaient des jeunes filles, et que le temps passé était le temps passé : « Tant que la jeunesse est jeune et étourdie, dit-elle, elle se conduit avec l'étourderie de la jeunesse. » Après avoir avancé deux ou trois autres propositions tout aussi incontestables, elle ajouta, avec une pensée dévote, qu'elle remerciait le ciel d'avoir toujours eu dans sa fille May une fille sage et soumise. Elle ne s'en attribuait aucunement le mérite, quoiqu'elle eût mille raisons de penser que cela lui était dû exclusivement. Relativement à Tackleton, au point de vue de la morale, c'était un homme sur lequel on ne tarissait pas d'éloges, et, au point de vue du mariage, il faudrait être fou pour refuser un pareil gendre. Cette dernière phrase fut débitée avec emphase. Relativement à la famille dans laquelle il allait entrer, après avoir sollicité la main de May, elle pensail que Tackleton savait que malgré la mauvaise fortune, elle avait des prétentions à la noblesse, et que, si certaines circonstances, dépendant du commerce de l'indigo, dirait-elle encore, sans s'expliquer davantage, s'étaient passées différemment, elle serait peut-être très-riche. Mais pourquoi faire allusion au passé ? Aussi ne rappellerait-elle pas que sa fille avait d'abord rejeté l'offre de Tackleton et supprimerait-elle maintes autres choses… qu'elle raconta cependant. En résumé, son expérience et son observation lui avaient démontré que les mariages où il y avait le moins de ce qu'on appelle follement et romanesquement de l'amour étaient toujours les plus heureux. Elle espérait donc du mariage prochain de sa fille le plus de bonheur possible pour elle – non pas un bonheur exalté – mais l'article solide et durable. Elle conclut en informant la compagnie qu'elle avait surtout vécu dans l'attente du jour qui devait luire le lendemain, et qu'une fois ce jour passé, elle ne désirerait plus rien que d'être expédiée à n'importe quel agréable cimetière.

Comme ces remarques étaient tout-à-fait sans réplique, heureuse propriété de toute remarque générale et hors de propos, elles changèrent le cours de la conversation et ramenèrent l'attention au pâté de jambon et de veau, au gigot froid, aux pommes de terre et à la tarte. De peur que la bière en bouteille ne fût négligée, John Peerybingle proposa de boire à l'heureux mariage du lendemain avant de poursuivre son voyage.

Car il faut savoir que John Peerybingle ne faisait qu'une halte là où il était, une halte pour faire manger et boire son cheval. Il lui fallait aller quatre ou cinq milles plus loin ; quand il retournait le soir, il ramenait Dot dans sa voiture, après avoir fait une autre halte avant de rentrer chez lui. C'était l'ordre du jour dans tous les pique-nique, et il n'y en avait pas eu d'autre depuis leur fondation.

Deux personnes présentes, outre la fiancée et le fiancé, firent peu d'honneur à ce toast. Une d'elles était Dot, trop troublée et agitée pour se prêter davantage aux incidents de la fête, et l'autre était Berthe, qui se leva de table précipitamment avant tout le monde.

« Bonjour, dit le robuste Peerybingle en jetant sur ses épaules son épaisse redingote de voyage, je serai de retour à l'heure accoutumée. Bonjour à tous.

– Bonjour, » répondit Caleb.

On eût dit que ce bonjour de Caleb était prononcé par lui machinalement, et il fit de la main aussi un vrai geste d'automate, car toute son attention était absorbée par Berthe, qu'il suivait de son regard inquiet dont rien n'altérait l'expression.

« Bonjour, jeune fripon, dit le joyeux voiturier, se penchant pour baiser l'enfant que Tilly Slowboy, occupée avec son couteau et sa fourchette, venait de déposer endormi (et, chose étrange ! sans accident) dans une petite cabane garnie par Berthe ; bonjour ; le temps viendra, j'espère, mon garçon, où vous irez braver le froid et laisserez votre vieux père avec sa pipe et ses rhumatismes au coin de la cheminée. Eh ! où est Dot ?

– Me voici, John, dit-elle en tressaillant.

– Allons, allons, reprit John en frappant l'une contre l'autre ses mains retentissantes, la pipe ?

– J'avais tout-à-fait oublié la pipe, John. »

– Oublié la pipe !... a-t-on idée d'une chose pareille ? ... elle avait oublié la pipe !...

« Je vais la garnir tout de suite. C'est bientôt fait. »

Mais ce ne fut pas sitôt fait non plus. La pipe était à sa place ordinaire, dans la poche de la redingote du voiturier, avec la petite blague, l'ouvrage de Dot, où elle prenait le tabac ; mais sa main était si tremblante qu'elle s'y embarrassa (cette petite main qui y entrait et en sortait si aisément). Méprises sur méprises ! elle s'acquitta très-maladroitement de ces petites fonctions pour lesquelles je vous ai tant vanté son adresse. Aussi, pendant qu'elle remplissait la pipe et l'allumait, Tackleton la regardait malicieusement avec son œil à demi-fermé, qui augmentait encore sa confusion chaque fois qu'il rencontrait les siens, c'est-à-dire qu'il la surprenait obliquement de sa fascination sinistre.

« Eh ! mon Dieu, Dot, quelle maladroite vous êtes, cet après-midi ! lui dit John, je crois vraiment que j'aurais mieux fait tout cela moi-même. »

Après cette remarque sans malice, John sortit, et bientôt on entendit dans la rue la vive musique de Boxer, du vieux cheval et de la voiture. Caleb seul n'entendit rien, toujours immobile, toujours rêveur et regardant sa fille avec la même expression.

« Berthe, dit-il enfin avec douceur, qu'est-il arrivé ? Combien vous êtes changée en quelques heures, ma chère fille ! Depuis ce matin, vous avez été silencieuse et triste… toute la journée… qu'y a-t-il ? dites-moi.

– Ô mon père ! mon père ! s'écria la jeune aveugle fondant en larmes, ô mon sort ! mon cruel sort ! »

Caleb s'essuya les yeux avec la main avant de lui répondre.

« Mais songez combien vous étiez heureuse et gaie, Berthe ! combien vous étiez bonne, combien vous étiez aimée, et par plusieurs personnes.

– C'est ce qui me fend le cœur, cher père, si prévenant et si attentif pour moi, si bienveillant pour moi. »

Caleb tremblait de la comprendre.

« Être… être aveugle, Berthe, ma pauvre fille… c'est, ajouta-t-il en bégayant, une grande affliction, mais…

– Je ne l'ai jamais ressentie, s'écria la jeune fille, jamais complètement, du moins, jamais. J'ai quelquefois désiré de vous voir ou de le voir, lui… vous voir une fois, mon père, seulement, rien qu'une minute, afin de connaître ce que je renferme ici comme un trésor, (elle mit la main sur son cœur) ; pour être sûre que je ne m'abusais pas, car quelquefois (mais j'étais enfant alors) j'ai pleuré, dans mes prières, la nuit, en pensant que vos chères images pourraient bien ne pas ressembler à celles qui montent sans cesse de mon cœur au ciel. Mais je n'ai pas conservé longtemps cette inquiétude, elle s'est évanouie… je me sens contente et calme.

– Et vous le serez encore, dit Caleb.

– Mais, mon père, ô mon bon et tendre père, soyez indulgent pour moi si je suis coupable, dit la jeune aveugle, ce n'est pas le chagrin qui m'accable ainsi. »

Son père ne put retenir le flot de ses larmes… il y avait dans sa voix un accent si touchant ! Mais il ne la comprenait pas encore.

« Amenez-la-moi, dit Berthe, je ne puis garder ce secret en moi-même… amenez-la-moi, mon père. »

Elle sentit que son père restait hésitant et indécis.

« C'est May, dit-elle, amenez-moi May. »

May, entendant son nom, vint à elle et lui toucha le bras. La jeune aveugle se retourna aussitôt et lui saisit les deux mains.

« Regardez mon visage, chère amie, bonne et tendre amie, dit Berthe, lisez-y avec vos beaux yeux et dites-moi si la vérité y est écrite.

– Chère Berthe, oui. »

La jeune aveugle, roulant ses yeux éteints d'où s'échappaient un torrent de larmes, lui dit :

« Il n'est pas dans mon âme un vœu ou une pensée qui ne soit pour votre bonheur, belle May ; il n'est pas dans mon âme un souvenir plus profond et plus reconnaissant que celui de vos attentions pour l'aveugle Berthe, vous qui pouvez être si fière de vos yeux et de votre beauté ; mais vous fûtes toujours la même pour moi, alors que nous étions deux enfants, s'il y a une enfance aussi pour l'aveugle Berthe. J'appelle toutes les bénédictions sur votre tête – que le bonheur guide tous vos pas. Je ne le souhaite pas moins ardemment, ma bien chère, parce qu'aujourd'hui mon cœur a été presque brisé quand j'ai appris que vous alliez être sa femme. Mon père, May, et vous, Marie, ah ! pardonnez-moi à cause de tout ce qu'il a fait pour distraire les ennuis de la pauvre aveugle, pardonnez-moi à cause de votre confiance en moi, lorsque j'appelle le ciel à témoin que je ne pouvais lui désirer une femme plus digne de sa bonté. »

En parlant, elle avait quitté les mains de May pour s'attacher à ses vêtements dans une attitude de plus en plus suppliante, jusqu'à ce qu'en achevant son étrange confession, elle se laissa tomber enfin aux pieds de son amie et cacha dans les plis de sa robe sa tête aveugle.

« Grand Dieu ! s'écria son père, éclairé tout-à-coup sur la vérité, ne l'ai-je trompée depuis le berceau que pour finir par lui briser le cœur ! »

Il fut heureux pour tous que Dot, cette jolie Dot, cette diligente et active petite Dot – car elle l'était, quelles que fussent ses imperfections – quelque sentiment de haine que vous deviez éprouver pour elle quand vous saurez tout ; il fut heureux pour tous, dis-je, qu'elle fût là ; sans elle, il serait difficile de dire comment cela aurait fini. Mais Dot, recouvrant sa présence d'esprit, intervint avant que May eût répondu ou que Caleb eût prononcé un mot de plus.

« Venez, venez, chère Berthe, venez avec moi ! donnez-moi le bras, May. C'est bien. – Voyez comme elle est déjà plus calme, et que c'est aimable à elle de penser à nous, dit la gracieuse petite femme en baisant Berthe au front. – Venez, chère Berthe, venez. Et voici son excellent père qui vient avec nous. Vous venez, Caleb, n'est-ce pas ?... »

Bien ! fort bien ! C'était une noble petite femme dans ces occasions, et il aurait fallu avoir le cœur bien dur pour résister à son influence. Quand elle eut conduit hors de l'atelier Caleb et sa fille, afin qu'ils pussent se consoler l'un l'autre, sachant bien qu'ils ne pouvaient se consoler qu'ainsi, elle revint d'un pas léger, et aussi fraîche, comme on dit, qu'une marguerite. Je dirais plus fraîche, moi. Elle revint pour monter la garde auprès de ce petit personnage en gants et en bonnet, cette chère créature, toute pleine de son importance de matrone, à qui il était essentiel de ne laisser rien découvrir.

« Apportez-moi notre poupon chéri, Tilly, dit-elle en plaçant une chaise près du feu ; pendant que je le tiendrai sur mes genoux, voici rs Fielding, Tilly, qui m'apprendra à soigner les enfants, et me renseignera sur une vingtaine de choses que j'ignore complètement. Le voulez-vous bien, rs Fielding ? »

Vous souvenez-vous du géant gallois dont l'intelligence était si lourde – selon la légende populaire – que dans sa stupide émulation il n'hésita pas à exécuter sur lui-même une fatale opération chirurgicale, en croyant imiter le tour de jongleur que faisait devant lui son ennemi mortel, à l'heure du déjeuner ? Eh bien ! ce géant lui-même ne se laissa pas prendre plus facilement au piège que la vieille dame à l'adroite ruse de Dot. Il était temps. Tackleton était allé faire un tour dehors ; deux ou trois personnes de la société avaient causé entre elles dans un coin, abandonnant rs Fielding pendant deux minutes à ses propres ressources. C'en était assez pour provoquer toute sa dignité et lui faire encore déplorer pendant vingt-quatre heures cette mystérieuse révolution dans le commerce de l'indigo qui avait influé si fatalement sur sa fortune. Mais une déférence si flatteuse pour son expérience, de la part de la jeune mère, fut si irrésistible, qu'elle commença à l'instruire de la meilleure grâce du monde : elle vint s'asseoir devant la méchante Dot, et là, pendant une demi-heure, elle débita plus de recettes infaillibles qu'il n'en eût fallu (si on les eût suivies) pour tuer le jeune Peerybingle, eût-il été un autre Samson au maillot.

Pour changer de thème, Dot se mit à coudre… Elle portait toujours dans la poche le contenu d'une boîte à ouvrage ; je ne sais comment cela se faisait… Puis elle donna le sein à son nourrisson, puis encore un peu de couture ; et lorsque la vieille dame sommeilla, Dot causa à voix basse avec May : tous petits moyens d'abréger l'après-midi qui lui réussirent merveilleusement. Enfin, quand le jour baissa, comme c'était une règle établie dans ces pique-nique qu'elle se chargeait de remplacer Berthe dans tous les soins du ménage, elle attisa le feu, nettoya le foyer, prépara la table à thé, tira le rideau de la fenêtre et alluma une chandelle. Cela fait, elle joua un air ou deux sur une espèce de harpe grossière que Caleb avait imaginée pour Berthe, et les joua fort bien, car la nature lui avait donné une oreille délicate, aussi bien faite pour la musique qu'elle l'eût été pour porter des bijoux, si elle en avait eu. L'heure de servir le thé sonna. Tackleton revint pour en prendre et passer la soirée.

Caleb et Berthe l'avaient devancé. Caleb s'était assis pour travailler ; mais il ne put parvenir à faire sa tâche de l'après-midi, le pauvre homme, tant il était inquiet, tant il avait de remords en pensant à sa fille. C'était tout-à-fait touchant de le voir oisif sur son tabouret de travail, regardant

Berthe avec anxiété et se répétant à lui-même : Ne l'ai-je trompée depuis le berceau que pour lui briser le cœur !

La nuit vint, le thé était pris ; Dot avait fini de laver les tasses et les soucoupes ; ce fut alors… car il faut bien en arriver là, et à quoi servirait de ne pas le dire encore ?… Ce fut alors que, voyant approcher l'heure où un bruit lointain de roues allait bientôt lui annoncer le retour de son mari, Dot changea encore de manière d'être, rougit et pâlit alternativement ; bref, parut très-agitée… non comme le sont les bonnes et honnêtes femmes qui attendent leurs maris ; non, non, non ; c'était une autre agitation.

Mais voici le bruit des roues, le bruit des pas d'un cheval, les aboiements d'un chien, et enfin tous les bruits bien connus de l'oreille de Dot. On gratte à la porte : c'est Boxer.

« Quel est ce pas ? s'écria Berthe en tressaillant.

– Le pas de qui, si ce n'est le mien ? répondit le voiturier apparaissant sur le seuil, avec sa bonne figure rougie par le froid piquant de la nuit.

– L'autre pas, répéta Berthe, celui de l'homme qui vous suit ?

– Il n'y a pas moyen de la tromper, remarqua le voiturier en riant. Entrez, monsieur ; vous serez le bienvenu ; n'ayez pas peur. »

Il parlait d'une voix haute à celui qui entrait avec lui ; c'était le vieux monsieur sourd.

« C'est l'étranger que vous avez déjà vu une fois, Caleb, dit le voiturier ; vous voudrez bien le recevoir ici jusqu'à ce que nous partions.

– Oh ! oui, sûrement, John, et c'est me faire honneur.

– Il est la meilleure compagnie qu'on puisse avoir quand on a des secrets à se communiquer, poursuivit John : je crois posséder d'assez bons poumons ; mais je puis dire qu'il les a mis à l'épreuve. Asseyez-vous, monsieur ; vous êtes avec des amis ici – tous enchantés de vous voir. »

Après avoir introduit ainsi l'étranger avec un son de voix qui confirmait ce qu'il avait avancé sur ses poumons, il ajouta de sa voix naturelle : « Une chaise dans le coin de la cheminée, et qu'on le laisse tranquillement assis et occupé à regarder autour de lui ; c'est tout ce qu'il demande ; on le contente à peu de frais. »

Berthe avait écouté attentivement. Elle appela Caleb auprès d'elle quand il eut placé une chaise pour l'étranger, et lui demanda tout bas de lui décrire leur visiteur. Quand Caleb l'eut fait, sans fiction cette fois, avec une fidélité scrupuleuse, elle fit un mouvement, soupira et sembla ne plus éprouver le moindre intérêt pour le nouveau-venu. Le voiturier était en verve, ce bon garçon de John ! Il était plus enchanté que jamais de sa petite femme, qu'il alla rejoindre dans le coin où elle était seule. « Quelle gauche petite femme elle est ce soir ! dit-il, entourant de son rude bras sa taille fine, et cependant je l'aime encore comme cela. Regardez, Dot. Quelle gauche petite femme ! »

Il lui montrait du doigt le vieux monsieur. Elle baissa les yeux. Je crois qu'elle trembla. « Ah ! ah ! ah ! il est plein d'admiration pour vous ! dit le voiturier ; il ne m'a parlé que de vous en venant ici. Ah ! c'est un bon vieux garçon, et il m'a fait plaisir.

– Je voudrais qu'il eût choisi un plus digne sujet, John, répondit-elle avec un regard inquiet promené autour de la chambre, mais qui s'adressait surtout à Tackleton.

– Un plus digne sujet ! s'écria le jovial John ; en existe-t-il un ? Allons, à bas la grosse redingote, à bas l'épais fichu qui m'entoure le cou, à bas toutes les couvertures d'hiver, et passons une agréable demi-heure près du feu. Votre très-humble serviteur, rs Fielding ! Faisons une partie de cartes, vous et moi ! Oui, voilà qui est aimable. Les cartes et la table, Dot ; un verre de bière aussi, petite femme, s'il en reste. »

Sa proposition d'une partie fut acceptée par la vieille rs Fielding avec un gracieux empressement, et ils commencèrent bientôt. D'abord le voiturier regardait autour de lui avec un sourire, et de temps en temps il appelait Dot pour qu'elle vînt, par-dessus son épaule, examiner son jeu et le conseiller sur quelque point difficile. Mais son adversaire étant une joueuse rigide et sujette à la faiblesse de marquer quelques points de trop, exigeait de sa part une telle vigilance, qu'il eut besoin que rien ne vînt distraire ses yeux ni son oreille. Les cartes finirent ainsi par absorber toute son attention ; il ne pensa plus qu'à son jeu jusqu'à ce qu'une main s'appuyât sur son épaule et lui rappelât qu'il y avait un Tackleton au monde.

« Je suis fâché de vous déranger ; mais un mot tout de suite.

– C'est moi qui vais donner, répondit John – c'est le moment critique.

– Oui, le moment critique, reprit Tackleton ; venez, mon cher… »

Il y avait dans l'expression de ce pâle visage quelque chose qui força le voiturier de se lever immédiatement, et de demander avec inquiétude de quoi il s'agissait.

« Chut ! John Peerybingle, dit Tackleton, j'en suis bien fâché – oui, bien fâché. – J'en avais peur – c'était ce que je soupçonnais depuis le commencement.

– Qu'est-ce ? demanda encore le voiturier, l'effroi sur la figure.

– Chut ! je vais vous le montrer, si vous venez avec moi. »

Le voiturier le suivit sans prononcer un mot de plus. Ils traversèrent une cour où les étoiles brillaient sur leurs têtes, et par une porte de derrière ils passèrent dans le comptoir de Tackleton, où il y avait une fenêtre vitrée qui commandait le magasin, lequel était fermé pour la nuit. Aucune lumière n'éclairait le comptoir, mais deux lampes allumées dans la longue et étroite boutique en forme de galerie reflétaient leur clarté jusque sur la fenêtre.

« Un moment, dit Tackleton. Aurez-vous le courage de regarder à travers ce vitrage ? pensez-vous le pouvoir ?

– Pourquoi pas ? répondit le voiturier.

– Un moment encore, dit Tackleton ; pas de violence, cela ne servirait à rien et pourrait être dangereux. Vous êtes un homme robuste, et vous pourriez commettre un meurtre avant de vous en douter. »

Le voiturier le regarda en face et recula d'un pas comme s'il eût reçu un coup, puis il s'élança vers la fenêtre et il vit…

Ah ! quelle ombre funeste sur le foyer ! ô Cricri fidèle ! ô femme perfide !

Il la vit avec le vieux monsieur – lequel n'était plus un vieux monsieur, mais un beau jeune homme, portant à la main la fausse perruque blanche sous laquelle il s'était introduit dans sa maison misérable et désolée ; il la vit qui écoutait ce qu'il lui disait en se penchant à son oreille ; il la vit qui souffrait qu'il lui passât le bras autour de la taille lorsqu'ils se dirigèrent lentement vers la porte par laquelle ils étaient entrés dans la longue boutique. Il la vit s'arrêter, il la vit se retourner ! – ah ! revoir ainsi ce visage bien-aimé ! – il la vit ajuster de ses mains les cheveux menteurs sur la tête de l'inconnu, et rire en l'ajustant, rire sans doute de sa crédule confiance.

La forte main se ferma convulsivement, et il eût assommé un lion d'un coup de poing ; mais il la rouvrit aussitôt et la déploya devant les yeux de Tackleton (car il aimait encore, il aimait même en ce moment), et se retirant dans un coin, il tomba sur un comptoir… pleurant comme un enfant.

Lorsque Dot rentra dans l'atelier de Caleb, prête à partir, John avait sa redingote boutonnée jusqu'au menton, ne s'occupant que de son cheval et de ses paquets.

« Allons, John, mon cher ami ; bonsoir, May, bonsoir, Berthe !

Put-elle bien les embrasser ? put-elle paraître si gaie en leur disant adieu ? put-elle sans rougir leur montrer son visage ? – Oui, Tackleton la surveillait de près et il en fut témoin.

Tilly endormait l'enfant, et elle passa deux ou trois fois devant Tackleton en répétant d'une voix monotone :

« Savoir qu'elle serait sa femme brisait donc son cœur ! Son père ne la trompait-elle depuis le berceau que pour finir par briser son cœur !

– Allons, Tilly, donnez-moi le marmot. Bonsoir, monsieur Tackleton. Où est John, bonté du ciel ?

– Il veut marcher à la tête du cheval, répondit Tackleton, qui l'aida à prendre sa place.

– Mon cher John, marcher ? la nuit ? »

John, qu'on eût pris pour un mannequin affublé, ne répondit que par un signe de tête affirmatif. Le perfide étranger et la petite bonne étant dans la voiture, le vieux cheval leva le pas. Boxer, Boxer qui ne savait rien, courut en avant ; puis rebroussant chemin, il courut en arrière. Il courut à droite, il courut à gauche, traçant un cercle autour de la voiture, toujours jappant, toujours gai et triomphant.

Lorsque Tackleton fut parti, lui aussi, pour escorter rs Fielding et May sa fille jusque chez elles, le pauvre Caleb s'assit près du feu à côté de Berthe, déchiré d'inquiétudes et de remords, ne cessant de répéter en la regardant tristement : « Ne l'ai-je trompée depuis le berceau que pour lui briser enfin le cœur ! »

Les bonshommes qui avaient été mis en mouvement pour amuser le poupon étaient tous depuis longtemps rentrés dans leur repos. Au milieu de la faible lumière qui les éclairait, au milieu de ce sombre silence, on aurait bien pu croire que c'était une stupeur fantastique qui avait tout-à-coup rendu immobiles ces imperturbables poupées, si agiles naguère ; ces chevaux de bois aux yeux fixes, aux naseaux ouverts ; ces vieux barbons suspendus en l'air, les uns pliés en deux, les autres debout, les autres agenouillés... devant la porte où ils avaient tant de fois fait la bascule ; les casse-noisettes grimaçants et ces animaux qui se dirigeaient par couples vers l'arche de Noé, comme des écoliers en promenade : – ils pouvaient bien être frappés de stupeur, en effet, s'ils croyaient Dot perfide et Tackleton aimé.

TROISIÈME CRI.

Deux heures sonnaient à l'horloge de Hollande, lorsque le voiturier s'assit au coin de son feu, si troublé, si triste qu'il semblait avoir fait peur au coucou, qui, exhalant à la hâte ses dix notes mélodieuses, se replongea dans le palais mauresque et ferma sur lui la porte à trappe, comme si ce spectacle inaccoutumé éprouvait trop sa sensibilité.

Si le petit faucheur avait été armé de la mieux aiguisée des faux et en avait dirigé les coups répétés sur le cœur de John, il n'aurait pu le blesser plus cruellement que n'avait fait Dot.

Ce cœur était si plein d'amour pour elle, si bien enlacé des mille liens que formaient autour de lui ses plus doux souvenirs et tant de qualités charmantes ; ce cœur s'était transformé pour Dot en un autel si dévoué à son culte ; ce cœur, si naïf et si sincère dans son adoration, était un tel mélange de force et de faiblesse, qu'il repoussa d'abord toute pensée de colère et de vengeance, tenant toujours à conserver l'image brisée de son idole.

Mais peu à peu, progressivement, devant ce foyer devenu pour lui froid et sombre, John sentit naître d'autres pensées plus farouches, comme un vent d'orage s'élève tout-à-coup avec la nuit. L'étranger était sous son toit déshonoré. Trois pas le conduiraient à la porte de sa chambre ; un coup enfoncerait cette porte. « Vous pourriez commettre un meurtre avant de le savoir, » avait dit Tackleton. Comment pourrait-ce être un meurtre, s'il donnait au traître le temps de lutter avec lui ? N'était-il pas le plus jeune des deux ?

C'était une pensée funeste, qui venait mal à propos dans ce moment de sombres méditations. C'était une pensée de rage, le poussant à quelque acte de vengeance qui pourrait faire de son heureuse maison une de ces maisons maudites où les voyageurs solitaires redoutent de passer la nuit, – où les imaginations timides voient des ombres s'adresser de farouches regards à la lueur d'une lune nuageuse, – où ils entendent des bruits étranges, quand la tempête gronde.

L'étranger était le plus jeune ! oui, oui ; quelque amant qui avait séduit ce cœur que lui il n'avait jamais touché ; quelque amant choisi autrefois, à qui elle avait toujours rêvé, et pour qui elle avait langui et soupiré lorsqu'il se la figurait heureuse à son côté. Oh ! angoisse, rien que d'y penser !

Dot était montée au premier étage avec l'enfant pour le coucher. Pendant que John se livrait ainsi à son humeur noire auprès du feu, elle revint à son insu… Car, dans le tumulte de ses réflexions, dans les tortures qui le déchiraient, il avait perdu la perception des sons. – Elle revint et plaça son petit tabouret à ses pieds. Il ne s'en aperçut que lorsqu'il sentit sa main sur la sienne et la vit qui le regardait en face.

Avec étonnement ? Non. Il le crut, dans sa première impression, et il la regarda lui-même pour voir s'il se trompait. Non, sans aucun étonnement ; avec un air d'intérêt empressé, mais non d'étonnement ; ce fut ensuite un air d'alarme, puis un sourire étrange, triste, effrayant, comme si elle devinait ses pensées ; enfin, il la vit qui portait les mains à son front et qui baissait la tête, ses cheveux dénoués.

Aurait-il eu à sa disposition en ce moment la toute-puissance de Dieu, il avait aussi dans le cœur un autre attribut plus divin encore, la miséricorde ! jamais il n'eût pu lever contre elle le petit doigt de la main. Mais il ne put supporter de la voir affaissée sur le petit siège où il avait souvent admiré avec amour et orgueil son innocente gaîté : quand elle se leva et s'en alla en sanglotant, ce lui fut un soulagement de voir sa place vide. En ce moment sa présence si longtemps chérie était le plus amer de ses tourments : elle lui rappelait trop qu'il n'y avait plus pour lui de bonheur et que le lien qui l'attachait à la vie était fatalement brisé.

Il lui semblait qu'il eût été moins douloureux pour son cœur de la voir frappée d'une mort prématurée et étendue là, devant lui, avec leur petit enfant sur sa poitrine... Nouvelle réflexion qui excita aussi de plus en plus sa fureur contre son ennemi. Il regarda autour de lui pour chercher une arme.

Un fusil pendait à la muraille. Il l'en détacha et fit deux ou trois pas vers la porte de la chambre du perfide étranger. Il savait que le fusil était chargé. N'était-ce pas justice de tuer cet homme comme une bête fauve ? Cette idée, d'abord confuse, s'empara de lui comme une inspiration infernale à l'exclusion de toutes ses pensées plus tendres qui l'abandonnèrent.

Je dis mal : ses pensées les plus tendres ne l'abandonnèrent pas, mais se transformèrent pour stimuler sa vengeance ; changeant l'eau en sang, l'amour en haine, la bonté en férocité aveugle. L'image de Dot, affligée, humiliée, en appelant à sa tendresse et à son pardon, était toujours là ; mais cette image même finit par le pousser vers la porte, lui mettant l'arme à la hauteur de l'épaule avec le doigt sur la détente, et lui criant : « Tue-le ! dans son lit ! »

Il renversa le fusil, pour frapper la porte avec la crosse ; il le tenait déjà levé en l'air : « Sauvez-vous, pour l'amour de Dieu, par la fenêtre, « allait-il crier, par un dernier retour de générosité...

Soudain le feu illumina toute la cheminée d'une lumière flambante et le Cricri du foyer se mit à grésillonner !

Aucun des sons qui pouvaient frapper son oreille, aucune voix humaine, pas même celle de Dot, ne l'aurait ému et calmé comme celle du Cricri. Il crut l'entendre de nouveau répéter qu'elle aimait le Cricri ; il crut la revoir, il reconnut sa démarche, sa joie naïve, son accent si doux... Oh ! quelle voix que la sienne, pour charmer mieux qu'aucune musique le foyer d'un honnête homme ! Déjà ses meilleures pensées reprenaient le dessus et bannissaient le démon qui s'était emparé de lui.

Il recula de la porte qu'il allait enfoncer, tel qu'un somnambule réveillé tout-à-coup au milieu d'un rêve effrayant ; il débarrassa ses mains du fusil et s'assit encore près du feu où il trouva le soulagement des larmes.

Alors le Cricri quitta le foyer et apparut sous la forme d'une fée.

« Je l'aime, dit une voix féerique, répétant ces simples paroles qu'il se rappelait si bien. Je l'aime, parce que je l'ai tant de fois entendu chanter et à cause des pensées que m'a inspirées son innocente musique.

– Ce sont ses paroles, dit John : oui !

– Cette maison a été une heureuse maison pour moi, John, et j'aime le Cricri à cause d'elle.

– Heureuse, en effet, Dieu le sait, reprit John… Heureuse par elle, toujours… jusqu'à présent.

– Elle si douce, si gracieuse, si joyeuse dans son ménage, si charmée de ses occupations et si contente… dit la voix.

– Autrement, je ne l'eusse jamais aimée comme je l'aimais, dit John.

– Comme tu l'aimes, dit la voix en le reprenant.

– Comme je l'aimais, » répéta John, mais d'un accent plus faible qui le trahissait malgré lui et exprimait la vérité qu'il cherchait en vain à se dissimuler.

L'apparition fantastique, dans une attitude d'invocation, leva la main et dit :

« Par ton foyer !…

– Le foyer qu'elle a désolé, dit John en interrompant.

– Par le foyer qu'elle a – si souvent – sanctifié et embelli, dit le Cricri ou la fée, – par le foyer qui sans elle ne serait qu'un amas de pierres avec quelques briques et une grille rouillée ; mais, qui, grâce à elle, est devenu l'autel de ta maison, – l'autel où tu as chaque jour sacrifié quelque petite passion, d'égoïstes instincts ou de lâches préoccupations, en leur substituant un esprit calme, une nature confiante et la générosité du cœur ; par ton foyer, dont la fumée s'est convertie ainsi en un riche encens, préférable au plus odorant parfum brûlé dans les plus magnifiques temples de ce monde ! Par ton foyer… c'est dans ce paisible sanctuaire, c'est entouré par le charme de sa douce influence et de tes souvenirs, qu'il faut l'entendre elle, qu'il faut m'entendre moi, ainsi que tout ce qui parle le langage du foyer et du toit domestique.

– Tout ce qui plaide pour elle ? demanda John.

– Tout ce qui parle le langage de ton foyer et de ton toit domestique doit en effet plaider pour elle, poursuivit le Cricri… parce que c'est le langage de la vérité. »

John, la tête appuyée sur ses mains, rêvait ; à côté de lui, se tenait l'apparition, lui suggérant ses pensées et leur donnant un corps visible, comme dans un miroir ou un tableau. Ce n'était donc pas une apparition solitaire : une multitude de fées sortirent de l'âtre du foyer, de la cheminée, de la pendule, de la pipe, de la Bouilloire et du berceau ; des planches, des murailles, du plafond et des escaliers ; de la voiture dehors, du buffet dedans et de tous les ustensiles de ménage ; de tous les meubles, de tous les objets, de tous les lieux avec lesquels Dot avait toujours été familière et auxquels se rattachait un souvenir d'elle dans l'esprit de son malheureux mari ; – multitude innombrable, qui ne venait pas comme le Cricri se tenir immobile à côté de sa chaise, mais qui s'agitait avec une incessante activité ; toutes ces fées saluant l'image de Dot, le tirant par les basques de son habit et la lui montrant du doigt quand elle paraissait, se groupant autour d'elle, l'embrassant, jetant des fleurs sous ses pas, essayant de couronner sa tête avec leurs petites mains ; exprimant combien elles l'aimaient et l'adoraient, parce qu'elles la connaissaient : défiant toute créature laide, méchante ou accusatrice de la connaître comme elles.

La pensée de John ne pouvait donc s'éloigner de son image. Elle était toujours là.

Elle vint s'asseoir devant le feu, pour coudre en chantant… Industrieuse, diligente et laborieuse petite Dot ! Les petites figures de fées se tournant tout-à-coup vers John, toutes ensemble, et l'accablant de leur regard interrogateur, semblaient lui dire : Est-ce là cette femme légère que tu pleures ?

Il survint du dehors des sons joyeux, un bruit d'instruments de musique, de langues babillardes et d'éclats de rire. Une foule de jeunes filles en train de se divertir envahit la maison ; parmi elles était May Fielding avec une vingtaine d'autres presque aussi jolies. Dot était la plus jolie de toutes, comme elle était la plus jeune. Elles venaient l'inviter à leur partie. C'était un bal. Si jamais petit pied fut fait pour la danse, c'était le sien assurément. Mais elle sourit et hocha la tête en montrant son souper sur le feu et la table déjà servie, avec un air de défi et de triomphe qui la rendait deux fois plus ravissante. Elle les congédia donc gaîment, l'une après l'autre, avec une indifférence comique qui devait les désespérer, si elles étaient ses admiratrices, – et elles l'étaient toutes, plus ou moins, comment eût-ce été autrement ? – L'indifférence n'était cependant pas son caractère… oh ! non ! car l'instant d'après il se présenta à la porte un certain voiturier, et quel accueil il reçut d'elle, – l'heureux mortel !

Les fées fixèrent encore sur John leurs yeux étonnés, semblant lui dire : « Est-ce là cette femme qui t'a abandonné ? »

Une ombre passa sur le miroir ou sur le tableau, – appelez-le comme il vous plaira, – l'ombre grandie de l'étranger, tel qu'il se présenta la première fois sous le toit du voiturier, une ombre qui en couvrait toute la surface et effaçait les autres objets. Mais les actives fées travaillèrent comme des abeilles pour enlever cette ombre funeste, et Dot reparut, toujours vermeille et belle !

Elle endormait son petit enfant dans son berceau ; elle fredonnait un refrain de nourrice et appuyait la tête sur une épaule qui avait sa contrepartie dans la figure rêveuse près de laquelle se tenait le Cricri-fée.

La nuit – je veux dire la nuit réelle, la nuit qui ne se mesure pas aux horloges des fées, – la nuit suivait son cours, et dans cette phase des pensées de John, la lune se montra et brilla dans les cieux. Peut-être quelque calme et douce lumière s'était aussi levée dans son cœur, et il put réfléchir avec plus de sang-froid à ce qui s'était passé.

Quoique l'ombre de l'étranger passât de temps en temps sur le miroir, elle était déjà moins sombre, quoique toujours grande et distincte. Chaque fois qu'elle reparaissait, les fées actives et diligentes poussaient toutes ensemble un cri de consternation et s'évertuaient avec leurs petits bras et leurs petites jambes pour l'effacer. Puis, quand c'était Dot qui s'y dessinait de nouveau, elles la lui montraient brillante et belle en poussant des cris de triomphe.

Elles ne la lui montraient jamais que brillante et belle ; car elles étaient de ces génies domestiques pour qui la fausseté serait la mort. Dot, pour elles, ne pouvait être que l'active, belle et charmante petite femme qui avait été le soleil et la lumière de la maison de John le voiturier.

Les fées redoublaient d'enthousiasme lorsqu'elles la montraient avec son nourrisson, caquetant au milieu d'un groupe de sages matrones, affectant des airs de sage matrone elle-même, s'appuyant avec une assurance digne sur le bras de son mari, tentant de leur persuader, elle ! petite femme, vraie fleur à peine sortie du bouton, qu'elle avait abjuré les vanités du monde en général et prétendant être tout-à-fait au courant du rôle de mère. Cependant au même moment les fées la montraient encore riant de la gaucherie du voiturier, remontant son col de chemise pour faire de lui un élégant, et sautant avec une gaie minauderie dans la chambre pour lui apprendre à danser.

Les fées recommencèrent de plus belle leurs démonstrations lorsqu'elles lui firent voir Dot avec la jeune aveugle ; car si elle portait partout avec elle son animation et sa gaîté, c'était surtout dans la maison de Caleb Plummer. Les fées applaudissaient à l'affection de la pauvre Berthe pour elle, à la gratitude, à la confiance qu'elle lui inspirait ; elles aimaient sa manière délicate d'écarter les remercîments de la jeune aveugle ; son activité pétulante, son adresse à employer tous les moments de sa visite à faire quelque chose d'utile dans la maison, où réellement elle travaillait beaucoup en feignant de s'amuser : sa généreuse prévoyance d'apporter le pâté au jambon et les bouteilles de bière ; sa figure radieuse lorsqu'elle arrivait et lorsqu'elle prenait congé ; cette merveilleuse expression enfin qui faisait qu'elle était partout la bienvenue, partout à sa place, partout nécessaire. Les fées adressaient alors à John un regard irrésistible comme pour lui dire : – Est-ce là cette femme qui a trahi ta confiance ? – pendant que quelques-unes plus caressantes se nichaient tendrement dans les plis de sa robe.

À plusieurs reprises, dans cette longue nuit, les fées lui montrèrent Dot assise sur son tabouret favori, la tête baissée, les mains croisées sur son front, les cheveux dénoués comme il l'avait vue avant qu'elle se retirât dans sa chambre. Quand elles la trouvaient dans cette attitude, elles ne se tournaient plus vers lui et ne le regardaient plus, mais se pressant à l'envi autour d'elle, la consolaient, l'embrassaient, lui prodiguaient les témoignages de leur sympathie et de leur tendresse, oubliant John complètement.

Ainsi se passa la nuit. La lune descendit à l'horizon, les astres pâlirent, le soleil se leva, le jour froid parut – et le voiturier était encore assis la tête dans ses mains. Toute la nuit le fidèle Cricri avait gresi... gresi... gresillonné sur le foyer. Toute la nuit John avait écouté sa voix. Toute la nuit les fées domestiques avaient été actives autour de sa chaise ; toute la nuit Dot avait été belle, et sans reproche dans le miroir, excepté quand survenait une certaine ombre.

John se leva dès qu'il fut grand jour et il s'habilla. Il ne pouvait vaquer à ses occupations ordinaires ; il n'en avait pas le courage ; d'ailleurs, à cause de la noce de Tackleton il s'était arrangé pour se faire remplacer ce jour-là dans ses rondes. Il avait formé le projet d'aller gaîment à l'église avec Dot ; mais c'en était fait de ce projet-là. Quoi ! le jour anniversaire de son propre mariage !... Ah ! qu'il avait peu prévu qu'une année si heureuse se terminerait ainsi !

Le voiturier s'attendait à une visite matinale de Tackleton et il ne se trompait pas. À peine se promenait-il depuis quelques minutes devant sa porte, qu'il vit le marchand de joujoux arriver dans sa carriole. Tackleton était paré élégamment pour son mariage, et il avait décoré de rubans et de faveurs la tête de son cheval.

Le cheval avait plus que le maître un air de fiancé, car l'œil demi-fermé de Tackleton était plus désagréablement expressif que jamais. Mais le voiturier y fit peu d'attention, il pensait à autre chose.

« John Peerybingle, dit Tackleton avec un air de condoléance, mon brave garçon, comment vous trouvez-vous ce matin ?

– J'ai passé une triste nuit, Tackleton, répondit le voiturier en secouant la tête ; car j'avais l'esprit bien troublé ; mais c'est fini à présent. Pouvez-vous m'accorder une demi-heure pour causer ensemble ?

– Je venais exprès pour cela, dit Tackleton descendant de voiture... Ne faites pas attention au cheval, il restera tranquille avec les rênes jetées par-dessus ce poteau, si vous voulez lui donner une poignée de foin. »

Le voiturier alla chercher du foin dans son écurie, le mit devant le cheval et se dirigea vers la maison.

« Vous ne devez vous marier que vers midi, je crois, dit John.

– Oui, répondit Tackleton ; nous avons du temps, nous avons du temps. »

Au moment où ils entraient dans la cuisine, Tilly Slowboy frappait à la porte de l'étranger. Un de ses yeux rouges – (car Tilly avait pleuré toute la nuit en voyant pleurer sa maîtresse) fut appliqué au trou de la serrure ; puis elle frappa plus fort et elle paraissait effrayée.

« S'il vous plaît, dit Tilly, regardant autour d'elle, je ne puis me faire entendre de personne. J'espère que personne ne s'en est allé, que personne n'est mort, s'il vous plaît ! »

À ce souhait philanthropique, miss Slowboy ajoutait la pantomime emphatique de ses gestes, frappant à la porte des pieds et des mains... mais sans aucun résultat.

« Irai-je ? dit Tackleton, c'est curieux. »

Le voiturier, qui avait détourné le visage de la porte, lui fit signe d'aller s'il voulait.

Tackleton alla donc au secours de Tilly Slowboy, frappant lui aussi avec le poing et le pied ; mais lui aussi n'obtenant aucune réponse ; alors il eut l'idée de mettre la main sur le bouton de la porte, et comme il n'était pas difficile de l'ouvrir, il donna un coup-d'œil dans la chambre, y entra, et revint en courant.

« John Peerybingle, dit tout bas Tackleton, j'espère qu'il n'y a rien eu – rien d'imprudent cette nuit. »

Le voiturier se retourna vivement.

« C'est qu'il est parti, poursuivit Tackleton, et que la fenêtre est ouverte. Je n'ai aperçu aucune trace... la chambre est de niveau avec le jardin... mais j'avais peur... de quelque bataille... Eh !... »

Il ferma presque tout-à-fait son œil expressif... dont le regard inquisiteur ne quittait plus John : on eût dit qu'il donnait à cet œil, à son visage et à toute sa personne un tour de vis, comme s'il eût voulu arracher la vérité au voiturier.

« Tranquillisez-vous, répondit John ; il est entré la nuit dernière dans cette chambre, sans recevoir de moi le moindre mal ni la moindre injure ; et personne n'y est entré depuis. Il est parti de sa propre volonté. Je sortirais moi-même bien volontiers de la maison pour aller de porte en porte mendier mon pain le reste de ma vie, si je pouvais faire à ce prix qu'il ne fût jamais entré ici. Mais il est venu et il est parti. J'ai fini avec cet homme.

– C'est très-bien, je vois qu'il s'en est allé à bon marché, » dit Tackleton, prenant une chaise.

La moqueuse grimace dont il accompagna ces paroles ne fut pas aperçue de John, qui s'assit aussi et se couvrit le visage avec les mains avant de continuer l'entretien.

« Vous m'avez montré hier au soir, dit-il enfin, ma femme, ma femme bien chère – qui secrètement…

– Et tendrement, insinua Tackleton.

– Aidait cet homme à se déguiser et lui donnait des occasions de la voir seule. Il n'est rien que je n'eusse préféré voir plutôt que pareille chose, et je ne crois pas qu'il soit un homme au monde que je n'eusse préféré à vous pour me la montrer.

– J'avoue que j'ai toujours eu mes soupçons, dit Tackleton, et c'était ce qui me faisait si mal accueillir ici.

– Mais, continua John sans l'écouter, comme c'est vous qui me l'avez montrée et comme vous l'avez vue… ma femme, ma femme que j'aime… » Sa voix, son regard, sa main retrouvaient leur assurance à mesure qu'il répétait ces paroles, exprimant de sa part un projet bien arrêté par lui, – « comme vous l'avez vue à son désavantage, il est juste que vous la voyiez avec mes yeux, que vous pénétriez dans mon cœur et connaissiez ma résolution ; car j'en ai pris une, dit John en le regardant attentivement, et rien ne pourra l'ébranler. »

Tackleton murmura quelques paroles générales d'assentiment sur la nécessité de justifier une chose ou une autre ; mais il se sentit dominé par le ton ferme de son interlocuteur. Quelque simples et brusques que fussent ses manières, elles avaient une noblesse et une dignité naturelles qui ne pouvaient provenir que d'une âme inspirée par le véritable honneur.

« Je suis un homme simple et grossier, poursuivit John, n'ayant que peu de choses qui me recommandent à une femme ; je ne suis pas un homme spirituel ; je ne suis pas un jeune homme ; j'aimais ma petite Dot parce que je l'avais vue grandir depuis son enfance dans la maison de son père ; parce que je sais tout ce qu'il y avait en elle de qualités précieuses ; parce qu'elle avait été ma vie depuis des années. Il est bien des hommes à qui je ne saurais me comparer, qui n'auraient jamais du moins aimé ma petite Dot autant que moi ! »

Il fit une pause et frappa doucement les planches avec son pied avant de reprendre :

« J'avais souvent pensé que si je ne méritais pas une femme comme elle, je serais du moins un bon mari, et peut-être que je connaîtrais sa valeur mieux qu'un autre. Ce fut ainsi que je me justifiai à moi-même, que j'en vins à croire que je pouvais l'épouser, et à la fin nous devînmes mari et femme.

– Ah ! dit Tackleton avec un hochement de tête significatif.

– Je m'étais étudié, j'avais eu l'expérience de moi-même ; je savais comme je l'aimais, et combien je serais heureux ; mais pour son malheur, je n'avais pas, je le sens à présent… assez réfléchi relativement à elle.

– Assurément, dit Tackleton, la légèreté, la frivolité, l'étourderie, le plaisir d'être admirée ; vous n'aviez pas réfléchi… vous aviez perdu de vue ! ah !

– Vous feriez mieux de ne pas m'interrompre, dit John d'un ton sec, jusqu'à ce que vous m'ayez compris. Hier, j'aurais assommé l'homme qui aurait soufflé un mot contre elle ; aujourd'hui, je lui écraserais la face avec le pied à cet homme, fut-il mon frère. »

Le marchand de joujoux le regarda avec surprise, et John continua d'un ton radouci.

« Avais-je réfléchi que je l'enlevais jeune et belle à ses jeunes compagnes et à sa vie heureuse de jeune fille, pour n'avoir plus d'autre compagnon qu'un ennuyeux comme moi ? Avant d'emprisonner dans ma monotone maison cette brillante étoile, avais-je réfléchi combien j'étais peu fait pour m'associer à sa vivacité piquante, à sa naïve gaîté ? avais-je réfléchi que ce n'était pas un mérite pour moi, un titre pour moi de l'aimer... celle que devaient aimer tous ceux qui la connaissaient ? Jamais. Je profitai de son caractère confiant, de sa foi et de son espérance dans l'avenir pour l'épouser. Je voudrais ne l'avoir jamais connue... je le dis pour elle, non pour moi. »

Le marchand de joujoux le regarda sans cligner de l'œil... Son œil à demi-fermé lui-même s'ouvrit...

« Dieu la bénisse, dit John, pour sa généreuse persévérance à écarter de moi la réflexion que je fais aujourd'hui. Comment l'aurais-je faite, bonté du ciel, avec ma lourde intelligence ! Pauvre enfant, pauvre Dot ! il faut être moi pour ne pas avoir tout deviné en voyant ses yeux se remplir de larmes dès qu'on parlait de mariages semblables au nôtre ; cent fois j'ai vu ce secret trembler sur ses lèvres et je n'ai rien soupçonné jusqu'à la nuit d'hier. Pauvre fille ! avoir pu espérer qu'elle serait amoureuse de moi ! avoir pu croire qu'elle l'était !

— Elle cherchait tellement à le faire croire, dit Tackleton, qu'à vous avouer la vérité, cette affectation a été la source de mes soupçons. »

Et ici il fit valoir la supériorité de May Fielding, qui certainement n'affectait nullement d'être amoureuse de lui.

« Elle a fait tous ses efforts... dit le pauvre John avec une émotion croissante. Je commence seulement à connaître combien ces efforts ont dû lui coûter... pour être ma fidèle et tendre femme... Comme elle a été bonne ! quel courage ! quelle force de cœur ! J'en atteste le bonheur que j'ai goûté sous ce toit ! Ce sera un souvenir consolant pour moi lorsque je resterai seul ici.

— Seul ici ? dit Tackleton. Oh ! alors, vous n'avez pas l'intention de ne pas donner suite à ce qui s'est passé...

— J'ai l'intention, reprit John, de lui témoigner tout ce qu'il y a de bonté en moi, et de lui faire toute la réparation qui est en mon pouvoir. Je puis l'affranchir des tourments quotidiens d'un mariage mal assorti et de ses efforts pour me les cacher. Elle aura autant de liberté que je puis lui en rendre.

— Lui faire une réparation ! s'écria Tackleton se tordant les oreilles avec les deux mains… J'ai mal entendu, vous n'avez pas dit cela ? »

Le voiturier saisit Tackleton par le collet et le secoua comme un roseau.

« Écoutez-moi, dit-il, et prenez garde de bien m'entendre. Écoutez-moi, parlé-je clairement ?

– Très-clairement.

– J'explique clairement ma pensée ?

– On ne peut pas davantage.

– Je suis resté toute cette nuit devant ce foyer, s'écria le voiturier… à la place même où elle s'est si souvent assise, à côté de moi, en me regardant avec sa douce figure. J'ai passé en revue sa vie entière, jour par jour, sans oublier un seul incident, et, sur mon âme ! elle est innocente, s'il y a un Dieu pour juger les innocents et les coupables ! »

Brave Cricri du foyer ! fidèles fées domestiques !

« La colère et la défiance m'ont quitté, il ne me reste que mon chagrin. Dans une heure de malheur, quelque ancien amoureux, mieux assorti que moi à ses goûts et son âge, abandonné pour moi peut-être, contre sa volonté, est revenu. Dans une heure de malheur, surprise, et avant de réfléchir à ce qu'elle faisait, elle s'est rendue complice de cette trahison en me la dissimulant. Elle l'a revu la nuit dernière, et a eu avec lui cet entretien dont nous avons été témoins, entretien coupable : mais, sauf ces torts, elle est innocente, s'il est une vérité sur la terre !

– Si c'est là votre opinion… commençait à dire le marchand de joujoux.

– Qu'elle parte donc, qu'elle parte avec ma bénédiction pour prix des heures de bonheur qu'elle m'a procurées, avec mon pardon pour toutes les angoisses qu'elle m'a fait ressentir… Qu'elle parte avec la paix du cœur que je lui souhaite !… Elle ne me haïra jamais ; elle apprendra à m'aimer davantage lorsque j'aurai brisé ou du moins rendu plus légère la chaîne que j'ai rivée sur elle. Il y a un an à pareil jour que je l'ai enlevée au toit maternel, sans m'être assez demandé si elle serait heureuse ; elle y retournera aujourd'hui, et je ne l'importunerai plus de ma présence. Son père et sa mère seront ici ce matin ; nous avions fait le projet de fêter ce jour tous ensemble, et ils la ramèneront chez eux. J'aurai confiance en elle là et partout. Elle me quitte sans tache, et elle vivra sans tache, j'en suis sûr… Si je mourais ! – je puis mourir pendant qu'elle est jeune encore… j'ai perdu beaucoup de mon courage en quelques heures… Si je mourais, elle verra que je me suis souvenu d'elle, que je l'ai aimée jusqu'au dernier moment… Voilà la conclusion de ce que vous m'avez montré… Maintenant, c'est fini !

– Oh ! non, John, ce n'est pas fini ; ne dites pas encore que c'est fini… pas encore. J'ai entendu vos nobles paroles ; je ne pourrais m'éloigner en faisant semblant d'ignorer ce qui m'a pénétrée d'une si profonde gratitude. Ne dites pas que c'est fini avant que l'horloge ait sonné de nouveau. »

Dot était entrée peu de temps après Tackleton, et était restée là. Elle ne regarda pas Tackleton, mais les yeux fixés sur son mari, elle se tenait à l'écart, laissant entre elle et lui une distance, sans chercher à la franchir, quoiqu'elle parlât avec un accent passionné ! Quelle différence entre cette réserve et ses manières d'autrefois !

« Il n'est pas d'horloge qui puisse sonner encore pour moi les heures qui sont écoulées, dit John avec un faible sourire… Mais comme vous voudrez, ma chère, l'heure sonnera bientôt… peu importe ce que nous disons. Je voudrais trouver quelque chose de plus difficile pour vous être agréable.

– Fort bien ! murmura Tackleton… Mais moi je m'en vais, car lorsque l'heure sonnera il faudra que je sois en route pour l'église… Bonsoir, John Peerybingle, je suis fâché d'être privé du plaisir de votre compagnie, très-fâché aussi de la cause qui m'en privera.

– J'ai parlé clairement ? lui répéta le voiturier en l'accompagnant jusqu'à la porte.

– Oh ! très-clairement !

– Et vous vous souviendrez de ce que j'ai dit.

– Puisque vous me forcez d'en faire la remarque, répandit Tackleton après avoir eu la précaution de monter dans sa voiture, je dois vous dire que c'a été pour moi quelque chose de si inattendu, que je ne saurais guère l'oublier.

– Tant mieux pour nous deux, repartit John. Adieu ; beaucoup de plaisir.

– Je ne puis vous faire le même souhait à vous, John, dit Tackleton ;

mais merci. Entre nous (comme je vous l'ai dit) je ne saurais être moins heureux après le mariage, parce que May n'a pas été pour moi ni trop gracieuse ni trop démonstrative auparavant. Adieu ; ayez soin de vous. »

John le suivit des yeux jusqu'à ce qu'il n'aperçût plus dans la distance les fleurs et les faveurs de son cheval ; puis, après avoir poussé un profond soupir, il s'en alla désolé, accablé, errer sous des ormeaux du voisinage, ne voulant rentrer chez lui que lorsque l'horloge serait au moment de sonner l'heure.

La petite femme laissée seule sanglota amèrement, mais en s'essuyant souvent les yeux et se disant combien il était bon, combien il était excellent ; et une fois ou deux elle rit de si bon cœur, avec un accent de triomphe et tant d'incohérence (sans cesser de pleurer), que Tilly en fut toute épouvantée.

« Ouh ! ouh ! s'il vous plaît, n'en faites rien, disait Tilly ; ce serait assez pour tuer et enterrer le poupon, s'il vous plait.

– L'apporterez-vous quelquefois à son père, Tilly, quand je ne pourrai plus vivre ici et serai retournée à mon ancienne maison ? lui demanda sa maîtresse en essuyant ses larmes.

– Ouh ! ouh ! s'il vous plaît, n'en faites rien, s'écria Tilly, renversant sa tête et faisant entendre une sorte de hurlement qui lui donnait une singulière ressemblance avec Boxer. Ouh ! ouh ! n'en faites rien ! Ouh ! qu'est-il donc arrivé à tout le monde, que tout le monde s'en va et quitte tout le monde, laissant tout le monde désolé ?... Ouh ! ouh !... »

La sensible Slowboy allait faire éclater enfin un gémissement déplorable, un gémissement longtemps contenu, un gémissement d'autant plus épouvantable qu'il eût infailliblement éveillé l'enfant, et peut-être lui eût causé des convulsions ou tout autre symptôme sérieux, si tout-à-coup elle n'avait aperçu Caleb Plummer conduisant sa fille. À leur approche elle fut rendue au sentiment des convenances, resta quelques minutes muette, la bouche ouverte, puis courant au lit sur lequel dormait le poupon, elle dansa sur le plancher un pas fantastique, ou danse de Saint-Vit, et par intervalles bouleversa toutes les couvertures avec sa tête : mouvements extraordinaires, qui étaient probablement un grand soulagement pour ses nerfs.

« Marie, demanda Berthe, quoi ! vous n'êtes pas au mariage ? »

À cette exclamation de Berthe, Caleb ajouta en se penchant à l'oreille de Dot : « Je lui ai dit, madame Peerybingle, que vous n'y seriez pas. J'ai entendu bien des choses, hier au soir. Mais Dieu vous bénisse, ajouta le petit homme en pressant tendrement les mains de rs Peerybingle ; je ne me soucie guère de ce qu'ils disent, je ne les crois pas. Je ne suis que peu de chose, mais ce peu de chose se ferait hacher en morceaux plutôt que de croire un seul mot contre vous. »

Il l'attira dans ses bras, et l'y serra comme un enfant eût embrassé une de ses poupées.

« Berthe ne pouvait rester à la maison, ce matin, dit Caleb ; elle avait peur, je le sais, d'entendre sonner les cloches, et elle ne pouvait prendre sur elle de se sentir si près des nouveaux mariés. Nous sommes donc partis de bonne heure et nous voici… J'ai réfléchi à ce que j'ai fait, ajouta-t-il après quelques instants de silence. Je me suis reproché, à en perdre l'esprit, le chagrin que je lui ai causé, et je suis arrivé à cette conclusion, que je ferais mieux, si vous voulez, madame, rester avec moi pendant ce temps-là, de lui dire la vérité. Vous resterez avec moi, n'est-ce pas ? répéta-t-il, tremblant des pieds à la tête. Je ne sais quel effet cela peut avoir sur elle ; je ne sais ce qu'elle pensera de moi ; je ne sais si elle aimera encore son pauvre père après cela ; mais il vaut mieux pour elle qu'elle soit désabusée, et j'en supporterai les conséquences comme je le mérite.

— Marie, dit Berthe, où est votre main ? Ah ! la voici, la voici – et elle la porta à ses lèvres en souriant, puis l'attira sur son cœur. Je les ai entendus chuchoter entre eux la nuit dernière de quelque action blâmable dont on vous accuse… Ils avaient tort. »

Dot restait muette. Ce fut Caleb qui répondit pour elle :

« Ils avaient tort.

— Je le savais ! s'écria Berthe fièrement ; je le leur ai dit. J'ai méprisé toutes leurs paroles… Jeter le blâme sur elle, non !… je ne suis pas si aveugle, » ajouta-t-elle en serrant sa main dans ses mains et approchant sa joue de la sienne.

Son père se plaça à sa droite, tandis que Dot restait à sa gauche, lui prenant à son tour la main.

« Je vous connais tous, dit Berthe, mieux que vous ne pensez : mais personne aussi bien qu'elle, pas même vous, mon père. Il n'y a autour de moi rien qui soit aussi vrai qu'elle. Si je pouvais recouvrer la vue en ce moment, je la reconnaîtrais dans une foule sans qu'elle eût besoin de dire un mot… Ma sœur !

– Berthe ! ma chère, dit Caleb, j'ai quelque chose sur le cœur et qu'il faut que je vous révèle pendant que nous sommes ici seuls tous les trois. Écoutez-moi avec votre bonté ; j'ai une confession à vous faire, ma chérie.

– Une confession, mon père ?

– Je me suis écarté de la vérité et je me suis égaré, perdu, ma fille, dit Caleb avec une expression lamentable dans la voix et le regard… Je me suis écarté de la vérité avec l'intention d'adoucir votre sort, et j'ai été cruel.

– Cruel ! répéta-t-elle en tournant de son côté son visage étonné.

– Il s'accuse trop, Berthe, dit Dot ; vous verrez qu'il exagère… vous serez la première à le lui dire.

– Lui, cruel pour moi ! s'écria Berthe avec un sourire d'incrédulité.

– Sans intention, ma fille, dit Caleb ; mais je l'ai été, quoique je ne m'en sois douté qu'hier. Ma chère fille aveugle, écoutez-moi et pardonnez-moi. Le monde dans lequel vous vivez, enfant de mon cœur, n'existe pas tel que je vous l'ai représenté ; les yeux auxquels vous vous êtes fiée ont été des yeux menteurs ! »

Elle se retourna encore de son côté ; mais en reculant et se rapprochant de son amie.

« Votre sentier dans la vie était rude, ma pauvre enfant, poursuivit Caleb, et je voulais l'adoucir pour vous. J'ai altéré les objets, changé les caractères, inventé bien des choses qui n'ont jamais existé. Pour vous rendre plus heureuse, je vous ai caché la vérité… Dieu me le pardonne, et je vous ai entourée de fictions.

– Mais les personnes vivantes ne sont pas des fictions, dit-elle avec trouble, pâlissant et se retirant de lui… Vous ne pouvez les changer.

– Je l'ai fait, Berthe, dit Caleb. Il est quelqu'un que vous connaissez, ma colombe…

– Ah ! mon père, pourquoi dites-vous que je connais ? reprit-elle avec un accent de reproche… Qui et quoi puis-je connaître, moi qui n'ai pas de guide, moi si misérablement aveugle ? »

Dans l'angoisse de son cœur, elle étendit les mains comme si elle cherchait sa route à tâtons, puis les ramena sur son visage avec un geste de désespoir.

« Celui qui se marie aujourd'hui, dit Caleb, est un homme dur, sordide et tyrannique ; il est depuis des années pour vous et pour moi, ma chère, un maître exigeant, moins laid de visage que de caractère, toujours froid et insensible, l'opposé du portrait que je vous en faisais, l'opposé en toutes choses, mon enfant… en toutes choses.

– Oh ! pourquoi, s'écria la jeune aveugle avec l'expression d'une indicible torture, pourquoi avez-vous pu faire cela ? Pourquoi avoir rempli vous-même mon cœur des objets de mon affection, et puis venir comme la Mort les en arracher ? Ô ciel ! combien je suis aveugle, abandonnée et seule !… »

Son père désolé pencha la tête, et ne répondit que par un soupir de douleur et de remords.

Elle subissait encore cette torture d'un moment, lorsque le Cricri du foyer, entendu d'elle seule, se mit à gresillonner, non pas gaîment, mais d'un ton bas, faible et mélancolique, si mélancolique, qu'elle commença à pleurer ; et lorsque la même vision qu'avait eue John la nuit précédente lui apparut aussi en lui montrant son père, ses larmes tombèrent plus abondantes.

Elle entendit plus clairement aussi la voix du Cricri, et eut dans sa cécité la révélation intime que la vision apparaissait à son père comme à elle.

– Marie, dit la jeune aveugle, dites-moi ce qu'est notre demeure, ce qu'elle est réellement ?

– C'est une pauvre demeure, Berthe, très-pauvre et très-triste, en vérité. La maison résistera difficilement un hiver de plus au vent et à la pluie ! Hélas ! continua Dot d'une voix tendre, mais claire ; elle est, Berthe, aussi mal protégée contre la saison que votre père dans son vêtement de grosse toile. »

La jeune aveugle se leva très-agitée et entraîna à part la petite femme de John.

« Ces présents dont je prenais tant de soin, demanda-t-elle toute tremblante, ces présents qui répondaient si vite à mon premier désir, ces présents qui étaient si bienvenus, d'où venaient-ils ? est-ce par vous qu'ils m'étaient envoyés ?

– Non.

– Par qui donc ? »

Dot vit qu'elle le savait déjà et garda le silence. La jeune aveugle passa encore les deux mains sur son visage, mais avec une autre expression.

« Chère Marie ! un moment, un seul moment ! Venez par ici ; parlez-moi tout bas. Vous êtes vraie, je le sais ; vous ne voudriez pas me tromper, maintenant, n'est-ce pas ?

– Non, Berthe, oh ! non !

– Non ! j'en étais sûre vous avez trop pitié de moi !... Marie, regardez l'endroit où nous étions tout-à-l'heure, où mon père est resté... mon père, si tendre et si bon pour moi, et dites-moi ce que vous voyez.

– Je vois, dit Dot qui la comprenait bien, un vieillard assis sur une chaise, penché en arrière, avec une main sur son front, comme s'il avait besoin de sa fille pour le consoler, Berthe.

– Oui, oui, elle le consolera ; continuez.

– C'est un vieillard à cheveux blancs, usé par le travail et les peines de la vie ; il est maigre, abattu, soucieux ; je le vois accablé, désolé, qui lutte contre ses vagues réflexions. Mais, Berthe, je l'ai vu mainte fois auparavant, réunissant tous ses efforts pour un but grave et sacré ! Aussi j'honore sa tête blanche et je le bénis ! »

La jeune aveugle quitta Dot tout-à-coup, et allant se jeter à genoux devant Caleb, prit sa tête blanche sur son sein.

« Ma vue est recouvrée ! s'écria-t-elle, j'ai recouvré la vue ! J'ai été aveugle, et maintenant mes yeux sont ouverts... Je ne l'ai jamais connu ! Penser que j'aurais pu mourir et ne jamais voir tel qu'il était le père qui fut si tendre pour moi ! »

Il n'y avait pas de mots pour l'émotion de Caleb.

« Il n'est pas sur cette terre de noble et belle tête, s'écria la jeune aveugle en embrassant toujours Caleb, il n'en est pas que je pourrais aimer avec autant de tendresse, avec autant de dévoûment que celle-ci ; d'autant plus chère qu'elle est plus grise et plus fatiguée ! Ô mon père ! qu'on ne dise plus que je suis aveugle ! Il n'est pas une ride sur ce visage, il n'est pas un cheveu sur cette tête qui puissent être oubliés dans les prières que ma reconnaissance adressera au ciel ! »

Caleb essaya d'articuler le nom de sa fille : « Ma Berthe !

— Et dans ma cécité, dit Berthe, qui pleurait d'amour et de bonheur, — et dans ma cécité je le croyais si différent ! L'avoir eu près de moi, tous les jours, si plein de soins pour moi, sans jamais me douter de cela !

— Berthe, dit le pauvre Caleb, ce père si élégant, avec son bel habit bleu ! il est parti !

— Rien n'est parti, répondit-elle, père bien-aimé, non ! tout est ici, en vous ! Le père que j'ai tant chéri ; le père que je ne chérissais pas assez encore, et que je ne connaissais pas ; le bienfaiteur que j'ai tant révéré et puis aimé, parce qu'il avait pour moi une sympathie si tendre ; tout est ici, en vous ; rien n'est mort pour moi ; l'âme de tout ce qui m'était le plus cher est ici… avec ce visage ridé, cette tête blanche ! Je ne suis plus aveugle, mon père, NON, je ne le suis plus ! »

Pendant que Berthe parlait, Dot avait concentré toute son attention sur le père et la fille ; mais ayant levé les yeux vers le petit faucheur, dans la prairie moresque, elle vit que l'heure allait sonner, et elle éprouva aussitôt une agitation nerveuse.

« Mon père, Marie… dit Berthe en hésitant.

— Oui, ma chère, répondit Caleb, elle est là.

— Il n'y a aucun changement en elle. Vous ne m'avez jamais rien dit d'elle qui ne fût vrai.

— Je l'aurais fait, ma chère, j'en ai peur, si j'avais pu la peindre meilleure qu'elle n'était. Mais je n'aurais pu la changer qu'à son désavantage, si je l'avais changée le moins du monde. Elle est parfaite, Berthe. »

Avec quelque confiance que la jeune aveugle attendît la réponse à sa question, il était charmant de voir son plaisir et son orgueil quand elle embrassa encore Dot.

« Ma chère Berthe, lui dit celle-ci, il peut arriver plus de changement que vous ne pensez ; mais pour le mieux, j'entends ; des changements qui apporteront une grande joie à quelques-uns d'entre nous. S'il en était qui pussent vous affecter, vous ne devriez pas vous laisser aller à une trop vive émotion. N'entends-je pas des roues sur le chemin ? Vous avez l'oreille si fine, Berthe, sont-ce des roues ?

– Oui, et qui viennent vite.

– Je sais, je sais que vous avez l'oreille fine, dit Dot, qui posa une main sur son cœur, et qui évidemment parlait aussi vite qu'elle pouvait pour cacher son émotion ; – je le sais, parce que je l'ai remarqué souvent, et surtout la nuit dernière, où vous avez si vite deviné le pas de l'étranger. Je ne sais vraiment comment vous avez pu y faire plus d'attention qu'à un autre pas, ni pourquoi vous avez demandé, Berthe, quel était ce pas ? Mais, comme je vous le disais tout-à-l'heure, il arrive d'étranges changements en ce monde ; de grands changements, et nous ne pouvons faire mieux que de nous préparer à n'être surpris de rien. »

Caleb ne pouvait s'imaginer ce qu'elle voulait dire, s'apercevant qu'elle s'adressait à lui aussi bien qu'à sa fille. Il la voyait avec étonnement si agitée, si tourmentée, qu'elle avait peine à respirer, et se cramponnait à une chaise pour s'empêcher de tomber ; « Oui, en effet, ce sont des roues, s'écria-t-elle, des roues qui viennent, qui approchent, qui arrivent, et les voilà qui s'arrêtent, entendez-vous ? à la porte du jardin… et ce pas de l'autre côté de la porte, l'entendez-vous aussi ? le même pas que hier, Berthe ; ne le reconnaissez-vous pas ? Et maintenant… »

Dot n'acheva pas, mais poussa un cri de joie, un de ces cris dont rien ne pourrait contenir l'explosion, et courant à Caleb, elle lui mit la main sur les yeux, au moment où un jeune homme entrait précipitamment dans la chambre et faisait voler son chapeau en l'air.

« Est-ce fini ? lui cria Dot.

– Oui.

– Heureusement fini ?

– Oui !

– Reconnaissez-Vous cette voix, cher Caleb ? Avez-vous jamais entendu une voix semblable ?

– Si mon garçon des Amériques du Sud, des Amériques d'or, vivait encore… dit Caleb tremblant.

– Il vit, s'écria Dot, lui découvrant les yeux, et battant des mains avec enthousiasme : – regardez-le ; voyez-le devant vous, bien portant et fort, votre fils chéri : votre cher et tendre frère, Berthe ! »

Honneur à la petite femme et à ses transports ! Honneur à ses larmes et à son rire joyeux, lorsque le père et ses deux enfants se tinrent embrassés ! honneur à la franche cordialité avec laquelle Dot alla au-devant du matelot basané, avec ses noirs cheveux flottants, sans détourner sa petite bouche vermeille, lorsqu'il lui appliqua un bon baiser sur les lèvres, et la pressa sur son cœur ému.

Mais honneur au coucou aussi… oui, honneur à lui, car il s'élança comme un voleur, faisant effraction à travers la porte-trappe du palais moresque, et salua douze fois de son hoquet tous ceux qui étaient présents, comme s'il était ivre de joie !

John entra, recula en tressaillant… et il pouvait bien tressaillir… de se trouver en si bonne compagnie.

« Regardez, John, dit Caleb avec transport, regardez par ici… mon fils des Amériques d'or, mon fils ! celui que vous aviez équipé et embarqué vous-même, celui pour qui vous avez toujours été un si bon ami. »

John s'avança pour lui donner la main, mais il recula encore, en reconnaissant dans son visage des traits qui lui rappelaient le sourd de la voiture.

« Edouard, était-ce vous ?

– Maintenant dites-lui tout, s'écria Dot ; dites-lui tout, Edouard, et ne m'épargnez pas, car je ne m'épargnerai pas moi-même, non, pour rien au monde.

– C'était moi, dit Edouard.

– Et vous avez pu vous introduire déguisé dans la maison de votre vieil ami, reprit le voiturier. Il exista autrefois un loyal garçon… Combien d'années y a-t-il, Caleb, qu'on nous apprit qu'il était mort, et que nous crûmes en avoir la preuve ?... un loyal garçon qui n'eût jamais fait cela.

– Il existait autrefois un généreux ami, dit Édouard, un ami qui était plutôt un père pour moi, et qui n'eût jamais jugé ni moi ni personne sans l'entendre. Cet ami, c'était vous. Je suis donc certain que vous m'entendrez maintenant. »

Le voiturier, dont le regard troublé aperçut Dot qui se tenait encore à l'écart, loin de lui, reprit : « Eh bien, c'est juste, je vous écoute.

– Vous saurez donc, dit Édouard, que lorsque je partis d'ici encore bien jeune, j'étais amoureux – et l'on me payait de retour. Celle que j'aimais était une bien jeune fille, qui, peut-être (me direz-vous), ne connaissait pas son propre cœur ; – mais je connaissais le mien, et j'avais une passion pour elle,

– Vous ! s'écria le voiturier, vous !

– Oui, en vérité, reprit l'autre ; je l'aimais et elle me le rendait ; je l'ai toujours cru depuis, et maintenant j'en suis sûr.

– Dieu me soit en aide ! dit John ; voici qui est pire que tout le reste.

– Toujours constant, dit Édouard, et revenu plein d'espérance, après bien des souffrances et des périls, pour racheter le gage de notre ancien contrat, j'apprends, à vingt milles d'ici, qu'elle m'était infidèle ; qu'elle m'avait oublié et s'était donnée à un autre plus riche que moi. Je n'avais aucune intention de lui faire un reproche, mais je désirais la voir et acquérir la preuve incontestable de la vérité. J'espérais qu'elle aurait pu ne céder qu'à la contrainte, n'agir que contre son gré et les vœux de son cœur. Ce serait une faible consolation, me disais-je, mais c'en serait une – et je suis venu. Afin de savoir la vérité, la vérité vraie, voulant tout voir librement par moi-même, tout voir par moi-même, sans qu'on m'opposât d'obstacle, sans que ma présence fût un embarras pour elle, s'il me restait quelque influence... je me métamorphosai de mon mieux, par le costume. Vous savez comment j'attendis sur la route ; vous savez où ; vous n'eûtes aucun soupçon ni elle... (montrant Dot), jusqu'à ce que je lui eus glissé un mot dans l'oreille, près de ce foyer où elle faillit me trahir.

– Mais lorsqu'elle sut qu'Édouard était vivant et de retour, dit Dot, parlant alors pour elle-même, comme elle avait brûlé de le faire pendant tout ce récit, – et lorsqu'elle connut son dessein, elle lui conseilla de garder soigneusement son secret, parce que son vieil ami John Peerybingle était d'un caractère trop ouvert et trop gauche en fait d'artifices, était un trop gauche, en général, ajouta Dot, moitié riant, moitié pleurant… pour qu'on pût le mettre du complot sans risquer de le faire découvrir. Et lorsqu'elle – elle, c'est moi, John, dit en sanglotant la petite femme – lorsqu'elle lui eut tout appris, qu'il sut que son amoureux l'avait cru mort, avant de se laisser persuader de faire un mariage que sa chère folle mère appelait avantageux ; puis, lorsqu'elle – encore moi, John – lui eut dit qu'ils n'étaient pas mariés encore (quoiqu'à la veille de l'être), et que ce serait un vrai sacrifice si le mariage avait lieu, attendu qu'elle ne l'aimait pas… ce qui le rendit presque fou de joie… elle – toujours moi – offrit d'intervenir, comme elle avait souvent fait jadis, et d'aller sonder son amoureux, pour s'assurer qu'elle – moi encore, John – n'avait rien dit que d'exact. Et tout était exact, John ; et ils furent mis en rapport, John ! et ils se sont mariés, John, il y a une heure, et voici la mariée : et Gruff et Tackleton peut mourir célibataire, et je suis une heureuse petite femme, May, Dieu vous bénisse ! »

C'était une petite femme irrésistible – mais jamais elle ne l'avait été si complètement que dans ce moment. Jamais félicitations ne furent aussi tendres et aussi délicieuses que celles qu'elle prodigua, soit à la mariée, soit à elle-même.

L'honnête John était resté confus au milieu du tumulte de ses émotions. Il fit un pas enfin pour aller à Dot ; mais elle étendit la main pour l'arrêter, et battit en retraite encore une fois.

« Non, John, non. Écoutez tout : vous ne devez pas encore m'aimer de nouveau, que vous n'ayez entendu tout ce que j'ai à vous dire. J'ai eu tort d'avoir un secret pour vous, John, et j'en suis bien fâchée. Je ne croyais pas avoir fait mal, jusqu'au moment où je vins m'asseoir près de vous, sur le petit tabouret, la nuit dernière ; mais lorsque je compris à votre visage que vous m'aviez vue dans la galerie des joujoux, avec Édouard ; lorsque je devinai votre pensée, je sentis combien j'avais été étourdie et coupable. Mais vous aussi, John, comment avez-vous pu, oui, comment avez-vous pu avoir une pareille pensée ? »

Gentille petite femme, comme elle se remit à sangloter ! John Peerybingle aurait voulu la prendre dans ses bras ; mais non, elle ne voulut pas le laisser faire.

« Ne m'aimez pas encore, s'il vous plaît, John, pas de longtemps encore ! Lorsque j'étais triste de ce prochain mariage, cher John, c'était parce que je me rappelais ces amoureux que j'avais vus si jeunes... Édouard et May – parce que je savais que le cœur de May était bien loin d'appartenir à Tackleton. Vous croyez cela à présent, n'est-ce pas, John ? »

John allait tenter de nouveau une embrassade ; mais elle l'arrêta encore.

« Non, restez là, s'il vous plaît, John. Quand je ris de vous, comme cela m'arrive quelquefois, John ; lorsque je vous appelle balourd et mon cher oison, ou que je vous donne tout autre nom du même genre, c'est parce que je vous aime, John, parce que je vous aime beaucoup, que je prends plaisir à vos façons, et que je ne voudrais pas vous voir changé en rien, devriez-vous devenir un roi.

– Ho ! ho ! ho !... s'écria Caleb avec une vigueur inaccoutumée ; mon opinion !

– Et lorsque je parle de ces gens qui sont d'un âge mûr, et qui prétendent que nous faisons un drôle de couple, John, trottant chacun à son pas, c'est seulement parce que je suis une si folle petite créature, John, que j'aime encore quelquefois à jouer avec le bambin, et... »

Elle vit qu'il s'approchait d'elle, et l'arrêta encore, quoiqu'elle faillît être prise.

« Non, s'il vous plaît, John, encore une ou deux minutes avant de m'aimer ; j'ai gardé pour la fin ce que je désire surtout vous dire. Mon cher, mon bon, mon généreux John, quand nous parlions du Cricri l'autre soir, j'allais vous avouer – je l'avais sur les lèvres – que d'abord je ne vous aimai pas aussi tendrement que je vous aime à présent ; qu'en venant ici pour la première fois j'avais presque peur de ne pas parvenir à vous aimer autant que je l'espérais et le demandais dans mes prières – j'étais si jeune, John ! Mais, cher John, de jour en jour et d'heure en heure, je vous ai aimé davantage. Si je pouvais vous aimer plus que je vous aime, les nobles paroles que je vous ai entendu prononcer ce matin augmenteraient mon affection. Mais je vous ai donné toute l'affection que j'avais en moi (c'est-à-dire, beaucoup, John) ; vous l'avez, et vous l'avez comme vous la méritez ; depuis longtemps, bien longtemps il ne m'en reste plus. Maintenant, mon cher mari, reprenez-moi sur votre cœur ! Voici ma maison, John, et ne songez jamais à m'envoyer dans une autre. »

Jamais vous ne verrez le spectacle d'une noble petite femme, dans les bras de son mari, avec autant de plaisir que vous en auriez eu à voir Dot se jetant elle-même au-devant de John. Ce fut une petite scène complète, une scène qui charmait le cœur, tant il y avait de sincérité dans cette réconciliation conjugale.

Vous pouvez être sûr que John était dans le ravissement ; vous pouvez être sûr que Dot n'était pas moins ravie ; vous pouvez être sûr que tout le monde l'était, en comptant miss Slowboy, qui pleurait de joie, et qui voulant que le petit bambin confié à ses soins jouât son rôle dans cet échange général de félicitations, le présenta à chacun successivement comme elle eût présenté quelque chose à boire.

Mais un nouveau bruit de roues se fit entendre, et quelqu'un s'écria que Gruff et Tackleton revenait. Bientôt en effet parut ce digne personnage, un peu échauffé et agité.

« Quel diable est ceci, John Peerybingle ? dit-il en entrant ; il y a quelque méprise. J'ai donné rendez-vous rs Tackleton dans l'église, et je jurerais que nous nous sommes croisés il y a une heure comme si elle venait ici. Oh ! la voilà !... Je vous demande pardon, monsieur ; je n'ai pas le plaisir de vous connaître ; mais si vous pouvez m'accorder la faveur de laisser cette jeune dame : elle a ce matin un engagement particulier.

– Mais je ne puis la laisser, répondit Édouard ; je n'y saurais songer.

– Que voulez-vous dire, vagabond ?

– Je veux dire, répondit l'autre avec un sourire, que je dois excuser votre vexation ; je suis donc aussi sourd ce matin à de dures paroles, qu'hier au soir je l'étais à toute espèce de discours.

Quel regard lui lança Tackleton, et comme il tressaillit !

« Je suis fâché, monsieur, dit Édouard, en pressant la main gauche de May, et surtout le troisième doigt de cette main – je suis fâché que la jeune dame ne puisse vous accompagner à l'église ; mais comme elle y a déjà été une fois ce matin, peut-être l'excuserez-vous. »

Tackleton regarda de travers le troisième doigt de May Fielding, et tira de la poche de son gilet un petit morceau de papier, qui contenait sans doute un anneau.

« Miss Slowboy, dit-il, voulez-vous avoir la complaisance de jeter ceci au feu ?... Merci !

– C'est un engagement antérieur – un engagement de vieille date qui a empêché ma femme de se trouver à votre rendez-vous, je vous assure, dit Édouard.

– Monsieur Tackleton me rendra cette justice de reconnaître, dit May en rougissant, que je ne lui ai pas fait mystère de cet engagement et que je lui ai dit maintes fois que je ne pourrais jamais l'oublier.

– Oh ! certainement, dit Tackleton. Oh ! c'est sur – oh ! c'est bien – c'est correct. Monsieur Édouard Plummer, je pense.

– C'est son nom ! répondit le marié.

– Je n'aurais pas dû vous connaître, monsieur, dit Tackleton, l'examinant avec un regard inquisiteur et lui adressant un profond salut. Je vous fais mon compliment, monsieur.

– Merci.

– Mistress Peerybingle, poursuivit Tackleton, se tournant tout-à-coup vers elle et son mari, je suis fâché ; vous n'avez pas été très-bienveillante pour moi, mais, sur mon âme, je suis fâché. Vous valez mieux que je ne pensais. John Peerybingle, je suis fâché ! Vous me comprenez, c'est assez. Tout est correct, mesdames, et messieurs, tout est parfaitement satisfaisant. Bonjour.

A ces mots, il partit, ne s'arrêtant plus qu'à la porte pour enlever les rubans et les faveurs de son cheval, auquel il administra aussi un coup de pied dans les côtes pour lui apprendre qu'il était survenu un dérangement dans ses plans.

Naturellement ce devint alors un devoir sérieux de célébrer un pareil jour, de manière à ce que le souvenir de la fête et du banquet ne se perdît pas dans le calendrier Peerybingle. En conséquence, Dot alla s'occuper des apprêts d'un festin qui pût réfléchir un éternel honneur sur la maison et toute la famille. Au bout de quelques minutes, elle était dans la farine jusqu'aux fossettes de ses coudes, saupoudrant l'habit de son mari, car chaque fois qu'il passait près d'elle, elle l'arrêtait, pour lui donner un baiser. Ce brave garçon lava les légumes, ratissa les navets, brisa les assiettes, renversa des marmites pleines d'eau froide sur le feu et se rendit utile de toutes les façons. Deux aides cuisinières, recrutées à la hâte dans le voisinage, comme s'il s'agissait de la vie et de la mort, couraient l'une contre l'autre, se heurtant sur chaque seuil de porte et dans tous les coins. Tout le monde enfin rencontrait partout Tilly Slowboy et le poupon. Jamais Tilly n'avait déployé tant d'activité. Son ubiquité était le texte de l'admiration générale. Elle était dans le corridor à deux heures vingt-cinq minutes, dans la cuisine à deux heures précises, dans le grenier à deux heures trente-cinq, s'exposant à être prise tour-à-tour pour une grosse pierre, une trappe et un trébuchet. Dans ses bras la tête du poupon se trouva en contact avec toutes sortes de matières, animales, végétales et minérales. Il n'y eut rien de ce qui servit ce jour-là à l'usage de la maison qui ne fît connaissance avec cette pierre de touche.

Puis on mit sur pied une grande expédition pour aller chercher rs Fielding, exprimer de touchants regrets à cette excellente dame et la ramener par force, s'il le fallait, pour la rendre heureuse et clémente. Quand l'expédition la découvrit, elle ne voulait d'abord rien entendre, mais elle répéta, je ne sais combien de fois, qu'elle aurait voulu ne pas vivre pour voir un pareil jour, et que tout qu'elle avait à dire, c'était « qu'on me porte maintenant à ma tombe ; » phrase absurde ou qui parut telle, attendu qu'elle n'était pas morte ni n'avait l'air de l'être. Au bout de quelques minutes, elle tomba dans un état de calme effrayant, et observa que lorsque cette suite de malheurs était survenue dans le commerce de l'indigo, elle avait bien prévu qu'elle serait exposée toute sa vie à toute espèce d'injures et d'affronts ; prévision qui se réalisait. Aussi suppliait-elle qu'on ne s'occupât plus d'elle – car qu'était-elle – Seigneur ! rien. On devait donc oublier qu'une semblable créature vivait et se passer d'elle. Après cet accès d'humeur ironique, elle eut un paroxysme d'irritation et de colère, pendant lequel elle fit entendre cette expression remarquable : que le ver se retourne quand on le foule au pied ; ensuite elle céda à un tendre regret, disant que si on avait eu confiance en elle, elle aurait pu suggérer bien des choses. Profitant de cette crise dans ses sentiments, l'Expédition l'embrassa, et bientôt la vieille dame ayant mis ses gants, était en route pour la maison de Peerybingle, dans un état de douceur parfaite, avec une feuille de papier à sa ceinture, qui contenait un bonnet d'apparat presque aussi haut et aussi raide qu'une mître d'évêque.

Le père et la mère de Dot devaient venir dans une petite carriole, et ils se firent attendre : on eut des inquiétudes, on tourna souvent les yeux du côté de la route, et rs Fielding s'obstinant toujours à regarder dans la mauvaise direction, dans une direction moralement impossible, on le lui fit observer, et elle répondit qu'elle espérait bien pouvoir regarder où elle voulait. Enfin ils arrivèrent, un bon petit couple tout rond, avec cet air confortable qui appartenait à la famille de Dot, et c'était curieux de voir Dot assise à côté de sa mère, tant elles se ressemblaient.

Alors la mère de Dot eut à renouveler connaissance avec la mère de May, et la mère de May affectait toujours la dignité de son rang, et la mère de Dot ne semblait se prévaloir que de l'activité de ses petits pieds, et le vieux Dot... si je pouvais appeler ainsi le père de Dot ; j'ai oublié son vrai nom, mais n'importe – le vieux Dot prit des libertés avec rs Fielding, lui secoua les mains à première vue, parut penser qu'un bonnet n'était qu'un échafaudage de mousseline empesée, et ne s'apitoya pas du tout sur le commerce de l'indigo, disant que c'était un mal sans remède ; bref, d'après la définition de rs Fielding, « c'était une bonne pâte d'homme... mais grossier, ma chère ! »

Je ne voudrais pas pour un trésor oublier Dot faisant les honneurs dans sa robe de noces : bénie soit sa jolie figure ! Non, ni le bon voiturier si jovial et si rubicond au bout de la table, ni le brun et frais matelot avec sa jolie mariée, ni aucun des convives. Omettre le dîner eût été omettre un des plus substantiels et joyeux festins de noces ; omettre les verres pleins dans lesquels on but à l'heureux jour du mariage, eût été la pire de toutes les omissions.

Après le repas, Caleb entonna sa chanson du rougebord. Sur ma vie ! et j'espère bien vivre encore un an ou deux, il la chanta jusqu'au dernier couplet.

Ici, il faut raconter un incident très-inattendu qui surprit les convives, juste au moment où Caleb terminait son refrain bachique.

On frappa à la porte : un homme entra, sans dire avec votre permission ou sauf votre permission ; – un homme entra avec quelque chose de lourd sur la tête, qu'il déposa au milieu de la table, sans déranger la symétrie, au centre des noix et des pommes :

« Monsieur Tackleton, dit-il, vous envoie ses compliments, et comme il n'a que faire lui-même du gâteau, peut-être le mangerez-vous. »

Et à ces mots, il partit.

Il y eut un moment de surprise dans la compagnie, comme vous pourrez vous l'imaginer. rs Fielding, personne d'un discernement infini, suggéra que le gâteau était empoisonné et raconta l'histoire d'un gâteau qui avait fait venir toutes bleues les demoiselles d'un pensionnat. Mais on la réfuta par acclamation ; le gâteau fut découpé par May, en grande cérémonie et au milieu de la joie générale.

Je ne crois pas que personne en eût encore goûté, lorsqu'on frappa encore à la porte, et le même homme reparut portant sous le bras un vaste paquet couvert de papier brun.

« Monsieur Tackleton envoie ses compliments et quelques joujoux pour le poupon. Ils ne sont pas laids. »

Ces paroles prononcées, l'homme se retira encore.

Les convives auraient eu de la peine à trouver des mots pour exprimer leur étonnement, s'ils avaient eu le temps d'en chercher. Mais non ; à peine le messager avait fermé la porte derrière lui, qu'on frappa encore à la porte, et Tackleton entra en personne.

« Mistress Peerybingle, dit le marchand de joujoux, le chapeau à la main, je suis fâché, plus fâché que je n'étais ce matin. J'ai eu le loisir d'y penser. John Peerybingle, je suis d'une humeur naturellement âcre, mais il est impossible que je ne m'adoucisse pas si je me mets en contact avec un homme tel que vous. Caleb, cette ignorante petite bonne m'a donné hier au soir une espèce d'énigme dont j'ai trouvé le mot. Je rougis de penser combien il m'eût été facile de vous attacher à moi, votre fille et vous. Que j'ai été idiot en la prenant, elle, pour une idiote ! Amis, vous tous ici ; ma maison est bien solitaire ce soir ; je n'ai pas même un Cricri dans mon foyer. La peur les a tous fait fuir. Soyez indulgents pour moi, et laissez-moi me joindre à cette heureuse compagnie. »

En cinq minutes, il fut à son aise. Jamais vous ne vîtes un pareil homme. Qu'avait-il donc fait toute sa vie pour ignorer toujours la faculté qu'il avait d'être jovial, ou comment s'y étaient prises les fées pour opérer un tel changement ?

« John, vous ne voudriez pas me renvoyer chez mes parents ce soir, n'est-ce pas ? » dit Dot à l'oreille de son mari.

Il avait cependant été sur le point de le faire.

Il ne manquait qu'un personnage vivant pour rendre la partie complète, et en un clin-d'œil, il arriva, très-altéré d'avoir tant couru et faisant de vains efforts pour introduire sa tête dans une cruche étroite. Il avait suivi la voiture jusqu'au terme du voyage, très-contrarié de l'absence de son maître et prodigieusement rebelle à son remplaçant. Après être resté aux environs de l'écurie pendant quelque temps et avoir en vain excité le vieux cheval à retourner seul, par un acte de véritable mutinerie, – il s'était réfugié dans le cabaret pour s'y étendre devant le feu. Mais tout-à-coup convaincu que le suppléant de son maître était un mystificateur et devait être abandonné, il s'était remis sur ses jambes, avait tourné la queue et était revenu au logis.

Il y eut bal dans la soirée. Je me contenterais de mentionner en termes généraux ce divertissement, si je n'avais quelque raison de supposer que l'on dansa d'une manière originale et avec des figures extraordinaires. Voici comment la chose se fit :

Édouard le marin, brave garçon, sans façons et aimant à rire, leur avait raconté diverses merveilles sur les perroquets, les mines, les Mexicains, la poudre d'or, etc., lorsque tout-à-coup il lui passa par la tête de quitter sa chaise et de proposer une danse ; car la harpe de Berthe était là, et elle en pinçait admirablement. Dot, (la petite femme avait, quand elle le voulait, ses artificieuses minauderies) prétendait que ses jours de danse étaient passés ; je crois que c'était parce que John fumait sa pipe, et qu'elle préférait rester assise à côté de lui. rs Fielding pouvait-elle ne pas prétendre, comme Dot, que ses jours de danse étaient passés à elle aussi ? Chacun fit la même phrase, excepté May – May était prête.

Édouard et May se mettent en place, au bruit des applaudissements, pour danser seuls : Berthe joue son air le plus vif.

Eh bien, vous me croirez si vous voulez, il n'y avait pas cinq minutes qu'ils dansaient lorsque John rejette sa pipe, saisit Dot par la taille, s'élance au milieu de la cuisine et saute avec elle merveilleusement. Tackleton, à cette vue, va droit à rs Fielding, la saisit par la taille et de sauter aussi. Le vieux Dot à son tour, tout émoustillé, se tourne vers rs Dot, l'entraîne et cabriole au premier rang. Caleb prend Tilly Slowboy par les deux mains, et les voilà partis, miss Slowboy très-persuadée que tout l'art de la danse consiste à plonger vivement au milieu des autres couples et à effectuer n'importe quel nombre de violentes secousses.

Écoutez, comme le Cricri mêle son chant à la musique, écoutez comme il grésillonne, grésillonne, grésillonne, et comme la Bouilloire fait la basse…

Mais qu'est-ce ?… pendant que je les écoute avec bonheur et me retourne vers Dot, pour voir une dernière fois cette petite femme qui me plaît tant, Dot et les autres s'évanouissent dans les airs… on me laisse seul… un Cricri chante dans le foyer… un joujou d'enfant est là brisé par terre… il ne reste rien de plus.